書下ろし

隠密家族

喜安幸夫

祥伝社文庫

目次

一 紀州城下

一

静かだ。
ことさらに静かだ。
小春日和の陽光に、庭の樹々《きぎ》は凝《じ》っとたたずみ、枝葉のざわめきもない。
聞こえてくる。
というよりも、耳朶《じだ》の奥へ、諭《さと》すように響いた。
――殺せ！
かすかに、どこから……分からない。
だが、その場にいた二人は、確かにそれを感じた。

江戸城外濠《そとぼり》赤坂《あかさか》御門外の、紀州藩徳川《とくがわ》家五十五万五千石の上屋敷である。動くものが何もないなかにただ一人、足首を紐で締めた小袴《こばかま》に往時の都《みやこ》を思わせる水干《すいかん》を着込み、茶筅髷《ちゃせんまげ》に立烏帽子《たてえぼし》の男が、酔ってはいないが千鳥足でなにやら呪文《じゅもん》を誦《ず》しながら庭地を右に左にと踏み、ときおり木綿《ゆう》を稲妻《いなずま》形に切った紙垂《しで》を勢いよく振っている。その音が大きく、不気味に聞こえる。

そこに〝声〟は、感じられたのだ。

この日、正室の安宮照子《やすのみやてるこ》は藩主の徳川光貞《みつさだ》に、

「きょうは都より土御門清風《つちみかどせいふう》どのが、わらわの許《もと》に見えまする。家臣の何人《なんぴと》も、奥に立ち入らせてはなりませぬぞえ」

言っていたのだ。

(また都か)

光貞はうんざりしたように、不快感を表情に示した。

だが、その場で近侍の者に、

「さように致せ」

下知《げじ》した。

その表情が瞬時、不快をさらに深めたものになったのを、近侍の者は感じた。

静まり、人の出入りする気配もない上屋敷奥御殿の一室で、清風は紫色の布の上に算木《さんぎ》をならべ、筮竹《ぜいちく》を両手で束ねて二つに分け、その算木をならべ替え、ふたたび筮竹を束ね、さらに二つに分けてはまた算木をならべ替え、そのつど呪文を唱え、幾度目かに手をとめ、重い口調で言ったのだった。

「大凶にござりまする」

土御門清風は、京の梅小路《うめこうじ》に広大な邸宅を持つ陰陽師《おんみようじ》である。土御門家の始まりは平安期の安倍晴明《あべのせいめい》であり、この世界では屈指の権威を持っている。安宮照子の実家である伏見宮《ふしみのみや》家が、思うところがあって江戸の照子の許に遣《つか》わしたのだ。清風が紀州藩徳川家の奥御殿で〝大凶〟と卦《け》を立てたのは、伏見宮家が、

「――さように立てられよ」

あらかじめ懇請《こんせい》していたのか、実際に清風が算木に〝大凶〟を看《み》たのか、それは分からない。

部屋にいるのは清風と照子のほかに、輿入《こしい》れのとき京からつき随《したが》ってきた上臈《じようろう》の久女《ひさめ》だけである。紀州藩上屋敷で久女は〝お上臈さま〟と称《よ》ばれ、正室で常に簾《すだれ》の奥にいて〝ご簾中《れんちゆう》さま〟と家臣から称ばれている照子の御側御用《おそばごよう》を務めている。

上屋敷の奥御殿に照子側近の侍女は多いが、伏見宮家より照子に随って紀州徳川家

に入った女は中臈《ちゅうろう》となり、いずれもかなりの年行《とし》きを重ねている。もちろん若い侍女たちもいて奥御殿に華やかさを添えているが、それらには京より呼び寄せられた者が多く、老若合わせて紀州徳川家の江戸藩邸で京風の一大勢力を築いている。

そうした侍女たちも、きょうは部屋からしりぞけられていた。伏見宮家より、さようにせよとの示唆《しさ》があったのかも知れない。

清風の口から〃大凶〃と低く吐《は》かれたとき、照子と久女は蒼ざめ、

「いかなることが、なにゆえ大凶なのであらしゃいましょうや」

久女が、照子に代わって問いを入れた。

清風は応《こた》えた。

「近ごろ、ご当家に見られました事象が、大なる災いを呼ぶと出ておりまする」

「事象？　はて、なにを指しておじゃりますのか。それに当家とはいずれの……京の宮家でおじゃろうか、それとも徳川……」

「いまご簾中さまにおかれ〃ご当家〃と申さば、むろん紀州さまにあらしゃいましょう。なにが……でござりまするか。それはご当家のことゆえ、躬《み》には分かりませぬ。ただ……」

「ただ？」

照子は身を前にかたむけ、久女もそれにつづいた。

「これまで目に見えなかった、新たな事象……と申せましょうか。早急に取り除かれるがよろしいかと、卦《け》には出ておりまするぞ」

「…………」

照子と久女は顔を見合わせた。〝新たな事象〟と言われ、思い当たる節がないではない。しかし、それを〝取り除け〟とは如何《いか》なる意味か……。おなじことを連想したか二人の顔は蒼ざめ、恐怖の色さえ刷《は》かれていた。

黙した二人に清風は、

「せめてこの奥御殿に災いの及ばぬよう、地を鎮《しず》めておきましょう。禹歩《うほ》と申しましてな」

紙垂《しで》を手に庭へ降り、呪文を唱えながらふらつくような足取りで、地を踏みはじめた。その紙垂の音のなかに、

——殺せ！

響いたのだった。

地を這《は》う呪文の声と紙垂の音が熄《や》んだ。

明かり取りの障子を開け放した座敷の中で、照子と久女はふたたび顔を見つめ合っ

た。二人の表情から、さきほどの〝恐怖〟の色は消えていた。それは同時に、二人の決意を示すものでもあった。

その決意を確認するように、二人は無言のままうなずき合った。

この日、貞享《じょうきょう》元年（一六八四）神無月《かんなづき》（十月）下旬のことである。

二

清風の言った〝新たな事象〟に、照子と久女は以前から気づいていた。和歌山城内に入れている耳役《みみやく》たちから、幾度か江戸上屋敷の奥御殿に報告があったのだ。

——また、新たな側女《そばめ》が入った由《よし》にございます
最初の報告を受けたのは去年、藩主の光貞が参勤交代で紀州にお国入りしていたときである。

城内に大奥を設けているのは、将軍家の江戸城以外には、全国で御三家の和歌山城と名古屋城だけである。

光貞が壮麗な大名行列で江戸へ戻ったとき、照子は参勤の労をねぎらうより、皮肉を込めて言ったものである。

「――お武家の殿方とは、なんともお盛んでおじゃりまするなあ」

「――知っておったのか。いやいや、隠すつもりはないが、ただ心配をかけまいと思うてのう」

光貞は涼しい顔で返していた。この年、光貞は五十八歳だった。

光貞の色好みは、以前から藩中で知らぬ者はいないほどで、聞くたびに照子は嘲笑《あざわら》っていたが、こたびはいささか気になることがあった。耳役の報告に、

――ことさら美形にて
照子は久女と書状を見ながらフンと鼻であしらったものだが、

――由利《ゆり》なる名にて、出自《しゅつじ》は城下の商家の娘となっておりますが、百姓女かお遍路の行き倒れの者にて、詳細は定かならず
宮家の出にとって、由々しき問題である。

久女は、

「――ほほほ。殿の年勾配《としこうばい》をお考えあそばせ」

口に手をあてて嗤《わら》い、照子も故意に口をゆがめた。照子は光貞と似た年行きで、久女もそれより数年若いだけで、十代のときから伏見宮家で照子の遊び相手となり仕えてきた。いわば久女は照子の分身といえた。それぞれ老いた自分の体に合わせ、こた

びの事象をみていたのだ。

だが一年が過ぎ、清風は〝新たな事象〟と言った。これまでなかった生命か……。

（下賤《げせん》の腹から光貞の子が……）

宮家の出である自分の腹を痛めた子と、おなじ血筋になる。許せない。〝殺せ〟と、卦は出た。

生まれた〝若さま〟は、源六《げんろく》と名づけられていた。


「護らねばならぬ、源六君《ぎみ》を」

国おもての家臣団を束ねる城代家老の加納五郎左衛門《かのうごろうざえもん》が、江戸藩邸の奥御殿の動きに気づかぬはずはない。照子が和歌山城内に耳役を送り込んでおれば、加納五郎左衛門もまた江戸藩邸の動きに精通している。五郎左衛門も幼少のころより江戸藩邸に出て光貞の遊び相手となり、参勤交代のときには常につき随い、そして城代となったのだ。いわば、久女が照子の分身なら、五郎左衛門も光貞の分身といってよかった。

久女は照子の分身であれば、照子の表情からその心を知り、自身はみずから意思を顔に示すことはなかった。

五郎左衛門は城中奥深くに側近を集め、

「策を講じよ」

下知した。

だが、

「城内の大奥では護りようがありませぬ。大奥のご簾中さまの耳役のなかには、土御門家の式神《しきがみ》も幾人か入っておりますれば」

言ったのは、紀州藩の薬込役《やくごめやく》を束ねる児島竜大夫《こじまたつたゆう》だった。土御門家と伏見宮家が一体のものとなっていることを、五郎左衛門も竜大夫も承知している。

「うむ」

五郎左衛門はうなずかざるを得なかった。畏《おそ》れ多いことながら、警護の武士がいない大奥で赤子の首をひねるなど、

（容易なことではないか）

口には出さないが、誰の胸にも去来している。毒殺も、方途の一つとなろう。

策はあった。

「城内ではかえって護りきれない」

のであれば、

「わが屋敷にてお育て参らせよう」

即実行に移され、生まれてより九つ夜に、大奥から赤子の泣き声は消えた。由利もわが子の命が狙われているとなれば、

「わが身は、いかようになりましょうとも」

涙のなかに、葵《あおい》のご紋が入った蒔絵《まきえ》の広蓋《ひろぶた》が秘かに持ち出されるのを、承知せざるを得なかった。

大奥を出れば、毒殺への懸念も深夜に首をひねられる危険もなくなる。

双方の行動は迅速だった。

照子の耳役たちは、すぐに〝源六君〟の所在を突きとめた。

しかし、それが加納五郎左衛門の屋敷とあっては、さらに児島竜大夫が薬込役の総力を挙げて防御についているとなれば、式神たちとて容易に近づくことはできない。強引に仕掛ければ、逆に自分たちが殲滅《せんめつ》される危険すらある。

城代家老の屋敷で源六は養育され、二年の歳月がながれた。

紀州藩江戸上屋敷の奥御殿に、ふたたび若いとも老けているとも分からぬ土御門清風の姿があった。

「二年の月日が経ちましたなあ」

清風は言い、照子と久女の前にふたたび紫の布と算木に筮竹を出し、占った。

言った。

「黒い雲が見えまする」

「大凶……で、おじゃるか」

「しかり。しかも、二年前の不吉な雲と一連のもの」

清風は応《こた》えた。

照子と久女はふたたび顔を見合わせた。思いあたる節はあったのだ。

数カ月前だった。和歌山城内の耳役から報告があったのだ。

——お由利の方、ふたたびご懐妊
接したとき、

「——なんとも武家の殿方は」

照子と久女はあきれたものである。この年、貞享三年（一六八六）の睦月《むつき》（一月）、
光貞はすでに六十歳の老境に入っている。

あきれてばかりはいられない。卦は再度出たのだ。

——重なる大凶
ふたたび地鎮の禹歩から部屋に戻った清風は、

「早急に取り除かれるがよろしかろう」

催促するように言い、互いにうなずきあった。

早急に取り除く……いまなら間に合う。

(腹の子、ともども)

三人とも口には出さなかったが、うなずきはそれを示すものであった。


由利の腹は誰が見ても分かるほどに膨らんでいる。

この年睦月(一月)の下旬だった。

式神たちは動いた。

和歌山城大奥の耳役からの書状を、江戸上屋敷の奥御殿で照子が受け取ったのは、月が如月《きさらぎ》(二月)に変わってすぐのことだった。

開いた。文面は短かった。

——お由利の方、逝去《せいきょ》
照子と久女は、化粧でも隠せなくなった額《ひたい》の皺《しわ》を寄せ合い、

「あと一人、源六君を……」

「式神たちを、叱咤《しった》しておきまする」

腹から絞り出した照子の声に久女は返し、互いに頬《ほお》をゆるめた。

式神……陰陽師の使役神《しえきがみ》である。迷信ではない。実在する。それらは京の梅小路の広大な屋敷に起居して心身を鍛え、さらに鞍馬《くらま》や嵯峨野《さがの》を舞台に戦国の忍者もどきの修行を重ねている。

陰陽師が各地におもむき、卦を立てるとき事前の目となり耳となり、人から呪詛《じゅそ》の依頼を受ければ、護摩《ごま》を焚《た》き藁《わら》人形を打つのは陰陽師だが、それを現実のものとして世に示すのは式神たちだ。いかがわしい祈禱《きとう》師が人心を惑わそうとすれば、その者を人知れず始末することもある。そこに平安期からつづく土御門家の権威は護られる。

照子は文《ふみ》を、京に戻った清風に認《したた》めた。

――層倍のご助力を

三

その年の卯月《うづき》（四月）だった。すでに季節は夏で、〝お由利の方、逝去〟より三月《みつき》ほどを経ている。

和歌山城下の町場の一角で、

「これは薬種の先生、お帰り、待っておりましたで」

「おぉう、冴《さえ》さんも一緒じゃ」

「よかった、よかった。これで安心や」

住人のよろこぶ声が聞かれ、近所の者が集まってきた。

しばらく閉じられていた薬種屋の雨戸が開けられ、久しぶりに風が通された。屋号はなく、住人はあるじの名が一林斎《いちりんさい》ということは知っていても、単に〝薬種の先生〟か、あるいは〝一林斎の先生〟と称《よ》び、霧生院《きりゅういん》という変わった苗字のあることまでは知らない。その立ち居ふるまいから、

「――以前はお武家だったそうな」

噂《うわさ》する住人もいたが、町の者は一林斎が腰に刀を帯びているのを見たこともなければ、どこの商家にもある道中脇差以外に、刀が屋内に置いてあるのを見た者もいない。おそらく、女房の冴が藩士の娘であったことから、

「――ならば一林斎の先生もかつては……」

と、噂するようになったのかもしれない。それに、細身の筋肉質で敏捷《びんしょう》そうな引き締まった身も、見ようによっては鍛錬された武士を思わせるものがあった。

それよりも住人にとっては、薬種屋のあるじが薬草に詳しいのは当然ながら、看板

は掲げていないが頼めば鍼療治《はり》もしてくれるのがありがたかった。

さらに冴の実家が医家のながれで、冴も幼時よりその方面の教育を受け、とくに産婆の腕は確かで、ここ数年来、町内で生まれた赤子はほとんど冴が駈けつけて取り上げたものだった。

その薬種屋の夫婦が睦月（一月）の末ごろ、不意に町内からいなくなった。一林斎がいなくなるのは、これまでも珍しいことではなかった。

「――ちょいと薬草採りに行きましてねえ」

冴は町の者に話し、それが数日のときもあれば十日以上にわたる場合もあったが、そうしたときは冴一人で薬種屋を切り盛りしていた。

それがなんの前触れもなく睦月の末《すえ》つ方《かた》に夫婦そろっていなくなり、卯月になってようやく帰って来たのだ。

これまで住人が騒がなかったのは、二度ほど町内の者に文が届いたからだった。

――よんどころなき用にて、帰りが遅れている。間もなく帰郷できる見込み山陽道の室津《むろつ》の湊《みなと》からだった。

「――よんどころなき用やなんて、薬種の先生か冴さんのどちらか、慣れぬ土地で病気にでもなったか、薬草採りの山中でケガでもしたんか」

「──あの二人なら、どっちかが元気なら病《やまい》でもケガでも診《み》れようで」

町の男も女も話していた。さいわいこのとき、町に臨月の女もおらず重い病人もいなかった。

往還の声に、両脇の家々から住人たちが飛び出てきて、

「いゃあ、一林斎の先生も冴さんも、よんどころなき用とはそれやったんか」

「わあっ、ほんまや。どれ、見せて、見せて」

二人を取り巻いた。冴の両腕に、赤子が抱かれていたのだ。

「いやあ。恥ずかしながら冴は身重《みおも》でしてのう、薬草採りの旅の空で産気づいてしもうて。皆の衆には心配かけてしもうてすまんかった。なにしろ齢《よわい》三十にしてようやく授かった子じゃで、用心に用心を重ねましてなあ。許してくれい」

この年、一林斎は三十一歳、冴は二十九歳。授かった子はむろん一歳ということになる。

「おうおう、許すやなどと滅相もない。いやあ、めでたい、めでたい」

「で、男の子、女の子?」

「女の子じゃ」

冴が嬉しそうに応《こた》え、抱いている子をあやした。女たちがその周囲に集まり、

「おうおう、かわゆい、かわゆい。名はなんて？」

「佳奈《かな》……とつけましてなあ」

「おぉぉ、佳奈ちゃん。ベロベロバー」

佳奈はクックックッと笑い、また女たちに歓声が上がった。

すでに夕方だったが、町内の女たちは〝かわゆい、かわゆい〟を連発しながら、お古の産着《うぶぎ》やさらしをつぎつぎと持ってきた。

翌日からは店の板敷きの間で一林斎は薬研《やげん》を挽《ひ》いて薬草を調合し、日常の生活に戻ったが、冴はそうはいかない。子育てがある。それに、乳《ちち》の出が悪かった。近所からもらい乳だ。

「冴さん、すごく健康そうやのに、そんなこともありますのやなあ」

「そう。人には見かけによらず、どこかまずいところがありますのや」

佳奈に乳房をふくませた女が言うのへ、冴は応えていた。産婆の冴が言えば信憑《しんぴょう》性もあり、近所の者たちは納得していた。

佳奈は育った。医術にも薬草にも長《た》けた一林斎と冴に育てられているのだ。

しかも一年、二年と経れば〝かわゆい、かわゆい〟の声は、お世辞ではなくなっていた。実際に目鼻のととのったかわゆい娘に、しかも健康に育っているのだ。

もう一人、おなじ城下で元気に育っている子供がいた。城代家老の加納五郎左衛門の屋敷だ。源六である。

一人で歩けるようになると、庭に出ては、

「わっ、大きな落ち葉」

「わっ、大きな魚」

「わっ、カエル!」

歓声を上げていた。珍しいもの、興味をそそられるものを見れば、〝わっ〟と声を上げるのが口ぐせになっていた。好奇心が旺盛で、自分から庭に降り、侍女たちがハラハラするほど築山《つきやま》に登ったり池に足を入れたり、行動的な性格の片鱗を早くも見せていた。

裏庭の縁側から五郎左衛門はそれを見つめ、

(源六君は、江戸おもての御殿にお住まいの、ひ弱な若君たちとは違うな)

顔をほころばせていた。

そのようなときいつも、どこからともなく薬込役を束ねる児島竜大夫がかたわらに現われては片膝をつき、

「周辺に異状はありませぬ」

「ご苦労」

報告するのへ、五郎左衛門は返していた。

これまで式神とおぼしき者どもを、数回追い払ったことがある。五郎左衛門も真夜中に、枕元の刀掛けに手を伸ばしたことが幾度かある。大事には至らなかった。薬込役たちの護りは完璧といえた。

――まだ仕留められぬか
和歌山城下に配した式神たちに、江戸上屋敷の奥御殿から久女は、ときおり催促の文を書き送っていた。

式神たちは返した。

――機会を探っておりますれば
だが、源六が五歳となったころには、広い城代家老の屋敷とはいえ庭だけでは飽き足りなくなったか、裏門まで歩いて行っては潜り戸を押したり引いたりするようになった。

「開けてくだされ、ここを。さあ、開けてくだされ」

お付きの侍女たちに駄々もこねた。外を知りたい。だが、危険である。

そのような源六を、五郎左衛門は不憫《ふびん》に思った。

屋敷内では、すでに源六に四書五経《ししょごきょう》と武術の鍛錬を始めていた。五郎左衛門の方針で、それは厳しいものであった。しかし、それによって外を知りたいと願う源六の気が紛れることはなかった。

六歳になったとき、五郎左衛門は児島竜大夫を奥の一室に召した。

「わしは光貞公がいかに仰せられようと、源六君の持って生まれた性質を大事にし、お育て申し上げたい。いかがか」

「御意《ぎょい》」

竜大夫は返し、

「お任せあれ」

明瞭に応えた。

この年、元禄二年（一六八九）弥生《やよい》（三月）の時節だった。五郎左衛門が選んだ、屋敷の中間《ちゅうげん》が一人ついた。竜大夫が家老屋敷に入れていた薬込役の一人である。名は氷室章助《ひむろしょうすけ》といった。

「さあ、若。お屋敷の爺《じじ》さまの許しが出ましたぞ」

章助の開けた裏門の潜り戸から源六は飛び出した。

「わっ。外じゃ、外じゃ」

その背を裏庭の植込の陰から、五郎左衛門は見つめていた。

すぐ横に気配がうずくまった。竜大夫だ。町人髷《まげ》の着ながしに脇差も帯びず、一見無頼の遊び人に見える。

「頼んだぞ」

「御意」

竜大夫の姿は庭から消えた。章助だけではない。竜大夫配下の薬込役たちが数人、周辺を警備している。人目につくような者はいない。人目につくのは、

「わっ。濠《ほり》じゃ」

「わっ。石垣！　長い、高い」

全身で喜びをあらわにする源六である。武家の若君らしく、背丈に合った袴《はかま》に羽織をつけ、脇差を腰に帯びている。刀は本物だが、羽織・袴は絹ではなく木綿だ。五郎左衛門の方針である。紺看板《こんかんばん》を着込んだ中間が腰に帯びるのは木刀と決まっているが、章助が梵天帯《ぼんてんおび》に差し込んだ木刀は仕込みだった。

「——きょう一日、すべて源六君の足に任せよ」

五郎左衛門は、中間姿の章助と町衆姿の竜大夫に下知していた。

「章助、この道はどこへつづく」

「はい。町場でございます」

「町場？　おもしろい。行こう、行こう」

白壁のつづく武家地を離れた。

「わっ。家じゃ」

「魚はあの店から買うのか。わっ。八百屋もあるぞ！」

通りを歩く者はふり返る。前髪の稚児髷《ちごまげ》で羽織・袴に脇差を帯びている。それが木綿であっても、往来人の目には、いずれ武家地の屋敷から出てきた若坊《わかぼん》と映る。供に中間が一人では、それがお城の若さまなどと思う者などない。さらに五郎左衛門が自邸の奉公人のみか、お城の家臣団に、

「口にしてはならぬ」

箝口令《かんこう》を敷いている。それは守られていた。

「わっ。菓子じゃ、菓子じゃ。食べたいぞ、章助」

「食べなされ。なれど若、食するには値《あたい》が必要なれば、きょうはそれがしが」

「ふむ。おいしいぞ、おいしいぞ、章助」

口にし軽快な歯音を立てたのは、一枚一文の、かすかに塩味のある煎餅《せんべい》だった。源

六が買い喰いをしたのは、このときが生まれて初めてだった。章助は微笑みながら見ている。不意に入った町場の駄菓子屋だが、喰い物は城中で出される高直《こうじき》な菓子よりはるかに安全である。

小さなその足はさらに町場を進んだ。

四

章助は源六の一歩うしろに、周囲へさりげなく目を配りながらつづいている。

（まずい）

内心、思った。

それは、離れてついている児島竜大夫も同様だった。

源六がいくらか広い通りから、

「こっちにも行ってみよう」

と、枝道に入ったのだ。そこには一林斎の薬種屋が開け放した玄関口に、茶色の地味な暖簾《のれん》を掲げている。子供の気を引く、飴や風車を売っているわけではない。

（素通り）

章助も竜大夫も期待を持った。だが、源六の好奇心には、章助や竜大夫らが思っている以上のものがあった。しかも対象は、目に入るものすべてに対してであった。源六が六歳なら、佳奈は四歳になっている。四歳はすでに一人前で、一端《いっぱし》の口もきく。

このとき佳奈は、屋内にいた。裏庭の縁側で、一人でお手玉をして遊んでいる。

突然そこへ、

――ギャーッ

悲鳴が聞こえた。野良猫だ。佳奈に飛びかかったのではない。悲鳴は猫のほうだった。佳奈が石を投げつけ、偶然にも顔に命中したのだ。

猫の悲鳴はおもてにまで聞こえていた。店場の板敷きで薬研《やげん》を挽《ひ》いていた一林斎は手をとめ、台所から冴が裏庭へ飛び出た。すぐ事態を察した。

「佳奈！　おまえっ、猫に石をっ」

手を上げた。が、動きをとめた。一林斎はそれを廊下の陰から見ていた。

「カカさま。猫が庭の薬草を」

「投げるなら、なぜお手玉にしなかった」

冴の形相はすさまじかった。五代綱吉《つなよし》将軍の〝生類憐みの令〟が出ているからではない。生けるものを慈《いつく》しむ。それが薬草を調合する一林斎や冴の信念だった。佳奈にも日ごろから、それを言っている。

裏庭に薬草を栽培し、弥生に芽を吹き、一林斎も冴も毎日そこに顔を近づけ、ながめているのを佳奈は知っている。その土の上に、野良猫がゴロリと横になり回転しだしたのだ。

思わぬ冴の叱咤《しった》に佳奈は泣きそうになり、

「お手玉、カカさまが縫ってくれたものだから」

「だからといって石を投げ、目に当たったらどうします」

下ろした手で、そっと佳奈の顔を撫で、

「当たったら、猫でも痛いのよ」

「カカさま」

佳奈は冴にしがみつき、冴も佳奈の小さな肩を抱きしめた。

「うーむ」

一林斎はうなずくというより、うめき声を洩らした。

数日前だった。

佳奈は外へ遊びに出て、おかきを小気味のいい歯音とともに食べていた。近所の二歳年長の男の子が、それを横合いからサッと奪った。

「――返せっ」

佳奈は男の子に組みつき、はね飛ばされた。つぎには棒切れを拾い、振り上げ襲いかかった。またもはね飛ばされた佳奈は、ふたたび素手で組みつき足に咬《か》みついた。

「――いたたたっ。返す、返す。離せ。うわーっ」

男の子は仰向けに転倒した。佳奈はなおも咬みついたまま放さなかった。

「――ひーっ」

男の子は痛さに悲鳴を上げ、近くの大人が駈けつけ佳奈を引き離した。

佳奈は脛《すね》の骨に咬みついていた。歯形が残っただけではない。血が出ている。

騒ぎを聞き一林斎も駈けつけ、

「――佳奈！　なんてことをっ」

「――カカさまにもらったおかきをとったあ」

佳奈の叫びを背に、男の子を抱きかかえて走り帰り、痛さに泣き叫ぶ男の子の、かなり深い傷を手当てした。町内の大工のせがれだった。

夕刻、男の子の母親が薬種屋にねじ込んで来た。

「――佳奈ちゃんは元気がよすぎまする」

「——女の子としての躾《しつけ》は、ちゃんと教えているつもりなのですが」

冴は平身低頭し、一林斎は、

「——なぜみんなと半分こしなかった」

「——カカさまにもらったおかきやのに」

叱られ、佳奈は泣きそうな顔になった。

近所の者は言っていた。

「——見かけはかわいいのやが、なんとも利《き》かぬ気の強い娘や」

一林斎は内心、思っていた。

（——利かぬ気が強いのではない。逆に、それだけやさしいのじゃ）

その佳奈に石を投げられた野良猫の鳴き声は、やはりおもてにまで聞こえていた。

これが江戸なら大変なことになっただろうが、ここは和歌山城下だ。

ちょうど源六が地味な茶色の暖簾の前を通りかかったときだった。そのまま素通りしそうなようすに、章助も竜大夫もホッとしかけたところへ聞こえたのだ。

「えっ、なんだ。どうした？」

源六は足をとめ、外からは薄暗く見える中をのぞき込んだ。

裏庭の廊下に出ていた一林斎が、店場に戻ってきたところだった。

一林斎はハッと足をとめた。源六と目が合った。瞬時に、言葉が出ない。源六の背後に立っている中間と目を合わせ、無言のままもとの薬研の前に胡坐《あぐら》を組み、

（のぞいただけか）

さりげなく薬草を挽きはじめた。

（すぐに去る）

思ったのだ。中間の目も確かにそう言った。しかし、

「おっ、なんじゃ？　それは」

源六の好奇心の対象は、猫の悲鳴から一林斎の挽きはじめた薬研に移った。源六には、初めて見るなにやら得体の知れない鉄製の道具だ。言いながら暖簾を入り、あとにつづいた中間は、

「いやいや。通りすがりでしてなあ」

「通りすがりじゃないぞ、章助。それに、このにおい。おっ、ここは薬屋か」

土間に立ったまま源六は商舗《みせ》の中をぐるりと見まわした。好奇心の対象がさらに広がったようだ。

「おっ。そなた。知っておるぞ。ときおり屋敷に来る薬屋じゃ」

「ほう、お気づきか。加納屋敷の若よ」

ある種の薬剤を届けに月に一度ほど、一林斎は加納屋敷を訪ねている。ときには冴が行くこともある。そのたびに一林斎も冴も、奥の庭で縁側に座り、他を排して五左衛門と二人だけで話す機会を得ていた。そのとき、ときおり庭で遊ぶ源六を見かけた。屋敷の外で初めて見知った者に出会った親近感を、源六は一林斎に覚えた。

「おお、やはりそうだったか。で、それは？」

「これでござるか。これはのう、薬研と申して、ほれ、こうして薬草を……。どうじゃな、若。やってみなさるか」

「うん、やりたい。どれ」

源六は草履《ぞうり》を脱ぎ、板敷きの間に飛び上がった。

「あらあら、お客さんですか」

裏庭の廊下で佳奈の機嫌がなおったか、冴が店場に出てきた。果たして一瞬、身を硬直させた。だが、それを六歳の源六に覚られるような冴ではない。

「おぉお、珍しや。加納屋敷の若さまではありませぬか」

「おっ、このおばさんも薬屋の。ここであったか」

源六がさらに一林斎の薬種屋へ親近感を深めたところへ、

「ん？　だれ、この兄《あん》ちゃん」

四歳の佳奈が冴のうしろから出てきて、見知らぬ六歳の男の子の前に立った。赤い花模様に黄色の帯を締めている。裏庭での泣きそうだった表情ではない。相手は自分より大きな体で、羽織・袴に脇差まで帯び、板敷きの間に上がり込んでいる。ついこのまえ足に咬みついた、遊び仲間の男の子とはまるで雰囲気が異なる。

「親類？　カカさま、こんな兄ちゃん、いましたのか」

佳奈の問いに冴は一瞬うろたえたがすぐに、

「ほら、相手はお武家の若坊《わかぼん》でしょ。家《うち》は薬種屋」

「だったらこの兄ちゃん？」

「あはは、わしか。この薬研とかいう道具が珍しゅうて、使うのを教えてもらおうと思ったのだ」

「えぇえ！」

相手の聞きなれぬ横柄なもの言いに驚いたか、佳奈は源六をさらに見つめ、ここでも利かぬ気ではない、負けぬ気が発揮された。勝手に他人《ひと》の家に上がり込み、横柄な態度を取っているのが許せない。

「その格好で？」

言うなり佳奈は源六の腰から脇差を引き抜き、板敷きに放り投げようとしたのを冴が機敏に受けとめた。

「どこの兄ちゃんか知らんけど、それをひきたかったらなあ」

さらに佳奈は羽織の組紐を引きちぎるようにほどいて襟《えり》を引っぱり、

「はかまもや」

袴の腰紐を引きほどいた。

「わーっ。なになに、これ⁉」

源六にすれば、相手は自分より小さな女の子だ。加納屋敷の訓育を受けておれば佳奈を突き飛ばすわけにはいかない。

「わー、わわっ」

と、されるままになり、佳奈も四歳ではまだ動きがぎこちない。その二人の所作が、見ている大人たちにはなんとも可愛らしい。板敷きの一林斎と冴も、土間の氷室章助も、顔をほころばせながら見ている。そのなかにとうとう源六は、

「そうなんか」

と、乱れた袴と羽織をみずから脱ぎ捨て、着ながしの着物姿になった。無地の白ではなく、木綿で紺の魚の絵柄の着物だった。帯は黒い細紐だ。

「トトさま。教えてやって。さあ」

「わあっ」

佳奈は源六の胸をドンと突き、源六は声を上げてその場に尻餅をついた。それもまた、大人たちの頬をいっそう弛《ゆる》ませた。

あとはその場に薬研を挽くぎこちない不規則な音が響き、

「ほらほら、どうした」

一林斎の指導を受ける源六の背を佳奈は小突《こづ》いた。

そのようすに、章助は目を瞠《みは》った。これまで屋敷では見たことのない、源六の従順な姿だったのだ。

「おまえ、佳奈というのか」

「兄ちゃん、げんろく？」

互いに名も覚えたようだ。それに源六は、薬屋のおじさんとおばさんが、一林斎に冴という名であることも知った。

薬種屋の店場で薬研ゴロゴロばかりではすぐに飽きる。土間に立っている章助に、

「章助、もっと町を見ようぞ。佳奈、ついてまいれ」

源六は着ながしのまま土間に飛び下りた。

「うむ」

一林斎はうなずき、

『ここからは儂《わし》が』

『はっ』

章助と視線を交わした。

「行くぞ」

「わあっ、兄ちゃん」

脇差も帯びず着ながしのまま、佳奈の手を引き暖簾を飛び出したのへ、

「おうおう。儂も一緒に行くぞ」

一林斎はつづいた。薬草採りに出るときも家にいるときも、一林斎は常におなじものを身につけている。絞《しぼ》り袴《ばかま》ではなく腰のあたりをゆるく、足首の部分を狭く仕立てた軽衫《かるさん》をはき、羽織をつけて髷《まげ》は結わず総髪にしている。

その腰に、鉄棒の先を細めた苦無《くない》を帯びた。良質な鍛鉄《たんてつ》を打ったもので五寸釘より太くて大きく、もちろん忍びの者が武器とし、小型のものは飛苦無《とびくない》としても使えるが用途は広い。大工職人や井戸掘り人足などは日常に使っている。

暖簾から飛び出てきた一林斎に源六は、またしても好奇心を示し、

「なんじゃ、それは」

「あはは、これかね。外でいい薬草に出会えば、すぐ掘れるようにとの用意じゃ」

「わっ、重い」

手で持ち上げ、すぐ離した。

暖簾のなかでは氷室章助が、

「冴さま」

土間に片膝をつき、

「成り行きとはいえ、厄介《やっかい》なことになりましたなあ」

「はい。嬉しいやら、反面、恐ろしいやら」

冴は板敷きの上から応えた。

ということは、冴も薬込役で、しかも章助より身分が上……。

源六は初めての町場を堪能した。人の息吹がもろに感じられる。買い喰いのみならず、うどん屋に入って中食《ちゅうじき》を摂《と》ったのも初めての経験だった。

「おいしい。おいしいぞ、佳奈のおじさん」

連発していた。

さらに紀ノ川の川原にも紀伊《きい》水道の海浜にも遊んだ。着物を尻端折《しりっぱしょり》にしたのも初めてだった。佳奈が一緒だったのが、源六をいっそう楽しいものにさせていた。佳奈

にとっても、

「兄《あん》ちゃん、兄ちゃん」

と、取っ組み合いの喧嘩《けんか》をするのではなく、心から一緒に跳びはねることができる遊び相手となっていた。

夕刻前、二人とも一林斎に見守られ、土まみれになって帰ってきた。すぐうしろには、途中找《さが》しに出た章助がついていた。

冴が裏庭に盥《たらい》を出して源六の体を洗い、髷をととのえ、もとの羽織・袴の姿にして玄関まで見送った。

「兄ちゃん、きっとやで。また来てや」

「来るとも。おお、来るとも」

手を振る佳奈に源六はふり返り、応えていた。

陽が落ちたころ、加納屋敷の裏庭の廊下で五郎左衛門は、児島竜大夫と氷室章助の報告を受けた。武家の作法で、遊び人風体や中間姿では座敷に上がれない。若党《わかとう》や腰元たちを遠ざけ、五郎左衛門は中腰になり、竜大夫と章助は庭に片膝をつき、一見あるじが奉公人と町場の者を引見しているかたちを取り、額を寄せ合っている。低声《こごえ》の交わされるなかに、

「なんと！」

五郎左衛門は仰天した。源六が一林斎の薬種屋に立ち寄り、しかも佳奈と連れ立って町場から川原、海岸へと遊びに出た。五郎左衛門には予期せぬことだった。

「一林斎さまが苦無を帯び、お二人につき添われましたなれば」

「周囲に式神どもの怪しい影もなく……」

竜大夫と章助の申し越しに、五郎左衛門は老いた身にホッと安堵の息をついた。急なことで、式神たちは加納屋敷の動きを事前に察知できなかったようだ。

しかし、

「源六さまは佳奈さまに、〝また会おう〟と……」

二人が互いに手を振る現場に居合わせた章助の言葉に、

「うーん」

五郎左衛門はうめいた。源六の城下へのお忍びが度重なれば、式神たちがたとえ終日見張っていなくても気がつくはずだ。土御門清風の示唆《しさ》を実行に移すのに、これほどの機会はない。

五

この日、憂慮のうめきは、加納屋敷の裏庭だけではなかった。陽も落ち、屋内に行《あん》灯《どん》の火が入った時分である。

町場の薬種屋の居間にも、冴が行灯の油皿に火を入れた。いつも家族三人はおなじ部屋に川の字になって寝る。いまも佳奈が子供用の小さな掻巻《かいまき》をかぶり、顔だけ出しさきほど寝入ったばかりだ。その寝顔が可愛い。源六も涼しい瞳に鼻筋がとおり、口元にも締まりがあれば、佳奈とおなじ腹から生まれているのだ。

「おまえさま」

冴の声はかすれ、淡い行灯の灯りに浮かぶ表情に、これまで抱《いだ》いてきた苦悩を一気に浮かび上がらせた。

「分かっておる」

一林斎は返し、しばし部屋に沈黙がながれ、二人は佳奈の寝顔に見入った。

その寝顔から視線をはずし、

「おまえ、昼間、裏庭の廊下で上げた手を、戸惑いとともに下ろしたなあ。猫に石を投げた佳奈を打ち、痛みを教えることができなかった」

「そ、それは」

「やはり、心のどこかに……」

言いかけた言葉を濁した一林斎に冴は、

「いいえ。この子は由利どのの腹から生まれたのには相違ありませぬが、すでに息絶えた由利どのから取り上げたのは、このわたくしです。だからこの子は、わたくしの子なのです。名をつけたのは、おまえさまではありませぬか」

「…………」

ふたたび部屋に沈黙がながれた。三年前のあの日のことが、きのうというよりも今しがたのことのように、二人の脳裡にはよみがえってきたのだ。江戸上屋敷の奥御殿で、土御門清風が二度目の〝大凶〟の卦を出したときである。

薬込役大番頭《おおばんがしら》・児島竜大夫の娘である冴は、すでに十年も前から組頭《くみがしら》の霧生院一林斎に嫁《とつ》ぎ、ともに城下への潜《ひそ》みとして薬種屋を営んでいた。

突然だった。

「――城下で由利どのの身柄を受け取り、お隠し参らせよ」

大番頭の竜大夫から下知された。竜大夫は二人に告げた。

「――これはのう、江戸おもての光貞公のご意思でもあり、ご城代の加納五郎左衛門さまの下知でもあるのだ」

大番頭が配下の者へ下知するのにそこまで話したのは、冴が実の娘であり、一林斎が娘婿《むすめむこ》であったことよりも、二人への信頼感が強かったからだった。それに、身重の女を介護しながら逃走するのだ。女の薬込役がついていなければならない。

睦月（一月）下旬の、寒い夜だった。大奥から城下の馬場につながる追廻門《おいまわしもん》の外まで身重の由利をいざなったのは、竜大夫とその配下数名だった。

「――さあ、由利どの。ここからはわたしたちが」

「――冴さま、お世話に、お世話になりまする」

身重の身を支えた冴に、由利は言った。

「――急ぐぞ」

「――あい」

一林斎は急かした。苦無《くない》を腰に帯びている。

闇のなかを、三人は走った。由利は幾度もころびそうになった。

紀ノ川の川原に出た。橋は危険だ。浅瀬を渡った。

山中に入った。山間《やまあい》の杣道《そまみち》に灌木《かんぼく》群を踏み分けた。

「――とりあえず、あそこに」

目標はある。丸太を組み合わせた、杣人《そまびと》の山小屋だ。住んでいるのは単なる樵《きこり》ではない。木材の盗伐や不審な侵入者を防ぐのを役務とした薬込役の者だ。灯りが見えた。小屋の者も大番頭から下知を受け、待っていたようだ。

合図を送った。フクロウの鳴き声だ。おなじ鳴き声が返ってきた。

「――ふーっ」

「――おまえさまっ」

思わずついた一林斎の安堵の息は瞬時だった。冴の緊張した声に、

「――やっ、抜かったか!」

気配だ。腰の苦無に手をかけた。

土御門清風と安宮照子の送り込んだ式神や耳役は、城内大奥の腰元ばかりではなかった。城下にも潜んでいた。迂闊《うかつ》だった。跡を尾《つ》けられていたのだ。山中に身重の由利を冴とかわるがわるに背負い、気遣い、尾行に気づかなかった。というよりも、式神がそれだけ手練《てだれ》だったことになろうか。紀州藩の薬込役たちが暗闇のなかで行動できれば、式神たちにもそれはできる。

竜大夫も抜かった。三人が紀ノ川を北へ渡ったのを確認し、城下の組屋敷に戻って一息ついてから、配下の者が町場に不穏な動きがあったのに気づき、

「――スワ式神ども！」

ふたたび竜大夫はみずから配下数人を率い、山中に入った。三人のひとまず落ち着く先は分かっている。

その山中である。

フクロウの鳴き声が交わされ、山小屋の板を張り合わせただけの戸が内から開けられた。漏れ出た明かりが、由利を支える冴の姿を闇に浮かび上がらせた。

金属片の飛来する音を感じた。

――キーン
手裏剣だった。一林斎の苦無が打ち落とした。

さらに飛来音が、二打目というよりはほとんど同時だった。

落とせなかった。

「――うっ」

由利がうめいた。つづいて、

「――あぁぁぁぁ」

悲鳴に近く、奇妙なうめき声だ。

冴は由利を抱きかかえたまま板戸の中へ倒れこんだ。

中の樵はさすがに薬込役か、事態を察し外へ飛び出るなり板戸を閉め、一林斎のかたわらに飛び込み一緒に防御の態勢に入ろうとした、が、

「――うっ」

またも飛来した手裏剣を胸に受け、その場に崩れ込んだ。

一林斎は動きを感じた灌木群に走り込み、息の気配に苦無を薙《な》いだ。

「――うぐぐっ」

手応えとともにうめき声を聞いた。灌木に人の崩れ落ちる音を聞いた。

すぐ近くにもう一つの気配が、一人か、二人か、遠のくのを感じた。

暗闇に追うのは不可能だ。

「――お仲間どのーっ」

薬込役の樵が背後で呼んだ。うめきに近かった。

「――おう。ご同輩！」

一林斎は飛び戻った。板戸の外だ。暗闇のなかに、一林斎は樵を抱き起こした。樵は言った。

「――こ、この手裏剣、毒が、毒が」

「――まことか!?」

「――手足が、手足が痺《しび》れもうすっ。ううぅっ」

息絶えた。

一林斎は震え上がった。由利も瞬時の明かりのなかに、おなじ手裏剣を打たれたのだ。

中から女のうめき声が聞こえる。

「――ん?」

由利ではない。冴のうめきだ。

「――冴! 由利どのっ」

一林斎は板戸を開けた。明かりが外に洩れる。

「――おおっ」

横たわった由利を前に、冴は産婆になっていた。

手裏剣の前か後か、由利は破水していたのだ。

明かりが中から洩れたとき、由利の奇妙なうめき声に冴はそれと覚《さと》り、一緒に中へ倒れ込み、すぐさま用意にかかっていたのだ。

板戸を背に立ち尽くした一林斎に冴は言った。その手が血に染まっている。

「——由利どのは、もうあきませぬ。お腹の子はなんとかっ。敵からの防御をっ」

「——心得たっ」

一林斎は外に出て板戸を閉めた。苦無を逆手に、防御の体勢だ。闇のなかに、気配を探り取ろうとする。背後からは、冴のうめきが聞こえてくる。時のたつのが長く感じられる。

「——おっ」

闇の前方に気配を感じた。

同時に、小屋の中からも赤子の泣き声が……冴はうまく取り出したのだ。

前方の気配からは……フクロウの声が。竜大夫の一行だった。配下の薬込役を三人引き連れ、途中に式神たちとは出会わなかったようだ。

赤子の泣き声に竜大夫は驚き、事情を一林斎から聞くとその後の差配は速かった。

三人の薬込役に一林斎も加わり、周辺に気配を探ったが襲撃の動きは確認できなかった。

「——ならばやつら、赤子の泣き声は聞いていないはず」

その場から、一林斎と冴は赤子を抱き……消えた。

翌日、竜大夫は三柱の遺体を城下の寺に移し、湯灌場《ゆかんば》で由利の骸《むくろ》を清めたあと、経帷子《きようかたびら》を着せるとき腹へ座布団を詰め、城代の加納五郎左衛門を喪主に大奥から腰元たちも呼び、葬儀を執りおこなった。腰元のなかには、耳役もおれば式神もいる。その者らは髄《しか》と由利の死に顔を確認し、身重のまま死んだことも看《み》て取った。

耳役の腰元は江戸屋敷の奥御殿に〝お由利の方、逝去〟の早打ち飛脚を走らせ、

——身重のままにて

書き添えていた。

五郎左衛門も同様の大名飛脚を江戸おもてに発て、光貞は江戸で由利と性別も分からず名もなく逝《い》った子の法要を、悲痛のなかに営んだ。

そして卯月（四月）になり、

「——齢《よわい》三十にして、ようやく授かった子じゃ」

一林斎と冴が恥ずかしそうに佳奈を抱き、和歌山城下の薬種屋に帰ってきたのだった。

居間で、その子がいまスヤスヤと寝入っている。光貞にも真実が伏せられた、この世に存在しない〝姫君〟なのだ。

存在が知られれば、

（源六君と同様に、ご簾中さまから亡き者への対象とされる）

だから、

「あくまでも、儂《わし》とそなたとの子にしなければ……のう」

淡い行灯の灯りのなかに、一林斎はあらためて言った。

由利の腹から出た徳川光貞の子を始末する。それは武家に対し、式神の威力を暗黙のなかに示すこととなる。同時にそれは、

（公家の秘めた力を見せつけ、武家に公家をないがしろにはさせないための、警告の意味を持つ）

と、伏見宮家だけではない、京の公家衆なら誰もが胸に感じている。そこに、土御門家の出番はあった。他の若君や姫君では……その背景を考えれば手は出せぬ。

安宮照子にいたっては、自分の腹を痛めた為姫《えいひめ》が十五万石の大名家に正室として入っている。米沢《よねざわ》藩上杉《うえすぎ》家である。米沢藩の当主・上杉綱憲《つなのり》は、柳営《りゅうえい》（幕府）の高家筆頭である吉良《きら》家の出だ。そのほかの光貞を種とする若君や姫君たちは、照子の腹ではないものの、いずれも生母の家柄は由緒正しい。

それなのに、由利なる女は〝いずれの百姓女か、行き倒れのお遍路か〟素性の知れ

ぬ者ではないか。そのような〝下賤の腹〟から出た輩《やから》が、為姫と同列の血筋となる。許せない。上杉家にも吉良家にも、申しわけが立たない。

それゆえにさような者がこの世に、

（存在してはならない）

のである。

和歌山城下の薬種屋の居間で佳奈は、きょう源六と紀ノ川の川原で跳びはねたのを夢の中に再現したか、勢いよく寝返りを打った。

冴が佳奈を〝わたくしの子〟と思うのは、周囲の諸々《もろもろ》の思惑や策を超越したものであった。一林斎の思いもまたおなじか、

「冴、佳奈は断じて儂らの子じゃ。儂らの不覚で死なせてしもうた、由利どののためにも、な」

「あい」

言ったのへ、冴は返していた。

六

「トトさま、カカさま。きょうも源六の兄《あん》ちゃんは来ませぬか」

薬種屋の居間で佳奈が言えば、加納屋敷の奥の部屋では源六が、

「章助はどこへ行った。わしは早く外へ出たいぞ」

声が聞かれぬ日はなかった。

「いかがか」

「すでに霧生院も警護の一員なれば」

五郎左衛門の問いに竜大夫は応えていた。一林斎なら、安心して任せられるのだ。

裏門の潜り戸が開いた。中間姿の章助がついている。

「お待ちくだされ、源六さま」

一目散に駈ける源六を追った。行く先は分かっている。

こたびは事前に加納屋敷から知らせがあり、一林斎も冴も心得ていた。

源六が薬種屋に、

「いるかーっ」

声とともに駈け込むと、一日で源六の口ぐせがうつっていたか、

「わっ。兄ちゃん」

佳奈は跳び上がってよろこんだ。

「さあさあ、源六の若さん。こちらへ」

冴は源六を居間に上げ、木綿の羽織・袴を脱がせ、おなじ木綿で質素な単《ひとえ》の着物を着せ、帯も粗末なものに変えさせた。

「わっ。これはいい」

源六はよろこび、

「この着物に似合うようにするぞ」

自分で稚児髷をくずしてわらわ頭にし、着物の裾《すそ》を尻端折にした。

佳奈を連れ、飛び出す。苦無を腰に下げた薬草採り姿の一林斎がつき添い、町場に、川原に、海浜に、二人とも土ぼこりを全身にかぶり、すり傷までこしらえ、夕刻には薬種屋に帰ってくる。冴が庭で盥《たらい》に湯を汲《く》み、体を洗い傷の手当もし、来たときの羽織・袴に着替えさせ、髪ももとの稚児髷に結いなおし、

「それでは氷室どの、あとはよろしゅう」

「へいっ」

中間姿の氷室章助が加納屋敷に連れて帰る。もちろん、屋敷に入るまでは児島竜大夫配下の薬込役たちが見えつ隠れつ護衛についている。

月に一度くらいであろうか、五郎左衛門は源六に外遊びを許した。源六はそれを楽しみに日々を生きた、といっても過言ではなかった。

一方、屋敷内での学問と武術の鍛錬には厳しいものがあった。

「江戸藩邸に御座《おわ》す若君や姫君たちに、決して引けを取らぬお子にのう」

五郎左衛門は竜大夫や一林斎と冴の夫婦に言っていた。

源六がことさら外遊びを好むのは、それへの反発であったのかもしれない。それとも心の底から楽しめる遊びがあったからこそ、屋敷内での学問にも、また鍛錬にも打ち込めたのかもしれない。

冴はそれに触発されたのであろうか。佳奈が五歳になったときである。

「佳奈にも、佳奈の道を歩ませまする」

一林斎へ宣言するように言い、読み書きはむろん、薬草の見分け方からそれぞれの効能、薬研の挽き方まで、毎日一定の時間をとり教えはじめた。

最初は嫌がったが、やがては従順になり、というよりも熱心となった。源六が来たとき、川原や海浜を跳びはねるばかりではない。加納屋敷での鍛錬の厳しさも聞かされている。

「だから一層、佳奈には佳奈への訓導をしなければならないのです」

一林斎が言ったのへ、冴は返していた。

「その影響《せい》かのう」

源六がたびたび加納屋敷から飛び出すのを、果たして城下に潜む式神たちは気づいていた。だが、仕掛けてくることはなかった。人目があるからだ。護衛の武士ではない。町衆や百姓衆に漁師たちの目である。それに、由利に毒薬を塗った手裏剣を打ち込まれたという大失態のあと、竜大夫は秘かに領内一円の探索を進め、数人の式神の所在をつきとめていた。行商人もおり、旅の占い師もいた。殺しはしなかった。監視の目をつけたのだ。逆に式神たちの動きを、薬込役たちが掌握していた。だが、懸念はあった。

(源六君といつも一緒に跳びはねているあの娘はいったい？　それに、いつも立ち寄っている薬種屋はなに？)

佳奈とその両親に、式神たちが興味を持たぬかという点である。

「大丈夫かのう」

五郎左衛門が渋面をつくったことがある。

一林斎は応えた。

「ご懸念には及びますまい」

町家の佳奈といつも一緒に跳びはねているわらわ頭の少年を、城下の子供たちは顔も名も覚え、遊び仲間に入れていた。

いつの日だったか、紀ノ川の河口に近い海浜の漁師の村だった。源六が佳奈を引きつれ、漁師の子供たちの群れに入った。いずれも顔なじみになっている。そのなかの悪童が一人、佳奈をいじめて頭を小突《こづ》いた。突然だった。

「なにさらすうっ、わしの妹にいっ」

源六は悪童に飛びかかり、取っ組み合いの喧嘩になった。砂浜に子供たちの輪ができ、はやし立てた。相手は源六よりも年上で体も大きく、

「こいつうっ」

源六は組み伏せられた。そこへ、これも突然だった。

「わーっ」

佳奈が大声で叫ぶなり源六を組み伏せている悪童に体当たりし、その腕に噛みついた。

一林斎は、砂浜の舟の陰から見ていた。止めに入らない。

さらに、別の舟の陰から、行商人がソッと見ているのに気づいていた。離れたところから百姓衆の形《なり》を扮《こしら》えた薬込役が二人、監視の態勢を取っている。行商人は、薬込役が掌握している式神の一人だった。

「わあっ、痛たたたっ」

佳奈に嚙みつかれた悪童は悲鳴を上げ、そのすきに源六は身を返し相手を蹴り飛ばした。飛び蹴りの一撃だった。悪童は砂浜に尻餅をつき、またも源六に組みかかろうとした。ここでようやく輪が崩れ、

「もうええ。やめんかい」

「そや。やめえ、やめえ」

はやし立てていた子供たちがドッと割って入り、あとは源六も佳奈も一緒に波打ち際で波を飛び越える間合いを競う遊びに入った。

喧嘩をするにしても、子供たちは節度をわきまえていることを、一林斎は心得ていたのだ。

行商人はあきれたような顔で、その場を離れた。源六はともかく、女の子が喧嘩に飛び込んで相手に嚙みつくなど、

（およそ由緒ある血筋の娘とは思えぬ）

行商人の表情は示していた。

その〝実家〟である薬種屋も、

（加納屋敷に頼まれた、単なる若さまの中継《なかつぎ》の場）

にしか看《み》えない。わざわざ江戸の奥御殿に、飛脚を立てるほどのことではまったくない。

その薬種屋では、

「おおお、また泥まみれになって」

薬簞笥《くすりだんす》のならぶ店場で二人を迎える。

あとはいつものとおりだ。裏庭で体を洗ってもらいながら源六は、

「勝った、勝った」

の自慢話をし、

「そや。うちもやったった」

佳奈も話し、居間に上がれば崩れた稚児髷を、

「まああ、頭のてっぺんまですり傷を」

言われながら治療とともに結いなおしてもらい、どこからともなく戻ってきた中間

姿の氷室章助にともなわれ、加納屋敷に帰る。

この日とくに、一林斎は冴に言ったものだった。

「一瞬、ハッとしたぞ。源六君が佳奈を〝わしの妹に！〟などと叫んでのう」

「えっ、おまえさま……」

冴は驚きの表情になり、一林斎の顔を見つめた。

「トトさま、カカさま。早う夕餉《ゆうげ》を」

盥のあとかたづけを終えた佳奈が、裏庭から部屋に戻ってきた。二人の顔は、もとのなごやかな表情に戻った。

そうした源六と佳奈のようすを、光貞は一度だけ遠くから見たことがある。参勤交代でお国入りし、あと数日でまた江戸へ行列を組むという、元禄三年（一六九〇）初夏のあわただしい一日だった。冴が佳奈へ〝わが子〟としての教育を始めた年だ。

光貞は加納五郎左衛門ら数名の側近のみをともない、お忍びで城下に出た。この日ばかりは児島竜大夫が多数の薬込役を随所に配置し、式神も耳役もまったく寄せつけなかった。佳奈は五歳で、源六は七歳になっていた。

「おう、おうおう。あれが源六よのう」

光貞は泥田で百姓衆の子供たちと戯《たわむ》れる姿に目を細めていた。

「ん？」

眉間に皺《しわ》を寄せた。ひときわ大柄な男の子が、赤い着物の小さな女の子を泥田の中に突き飛ばしたのだ。

「おっ」

すぐに光貞は目を瞠《みは》った。

「こら！ 大きな者が小さな者になにをするかあっ」

源六が自分よりも大きな相手に飛びかかり、はね飛ばされた。

「わっ」

佳奈が泥のなかからその者の足に組みついた。

「いいぞ、佳奈！」

源六は跳《は》ね起きるなり足の自由を失った相手に体当たりした。

――バシャーン

相手は泥田へ仰向けに倒れ込んだ。

「わしの勝ちーっ」

源六の声が泥田に響いた。源六と佳奈の連繋に、まわりの子供たちは手を打ち泥をはね上げよろこんでいる。

城下にあっては薬込役の霧生院一林斎が源六の後見についていることを、光貞は五郎左衛門からの報告で知っている。

その光景を視界に、一林斎をそば近くに召した。

片膝をつく薬草採り姿の一林斎に、光貞は言った。

「あれでよい、あれでよいのじゃ。向後ともよしなに、よしなに頼むぞ、一林斎」

「はーっ」

五十五万五千石の大名が一家臣に頭《こうべ》を垂《た》れる。またとは見られない光景だ。一林斎も五郎左衛門も安堵した。そこに、光貞の源六への愛情を嗅《か》ぎ取ったのだ。光貞の脳裡には、四年前に〝不慮の死〟との報告を受けた、由利の面影が去来していたのかもしれない。側室のなかでも、由利はことさらに美貌だった。

光貞はさらに目を細め、言った。

「利かん気の強い娘もいるものじゃのう」

「御意」

返した五郎左衛門の心ノ臓は早鐘を打っていた。一林斎はさらにそうだった。

だが、佳奈の小さな息遣いを感じるほどの距離ではなかったこともあろうか、光貞は〝利かん気の強い女童《めわらべ》〟に、それ以上の感情は覚えなかったようだ。

その夜、冴に一林斎は話した。光貞が離れた所からとはいえ、源六と佳奈を一つの視界に収めたとは、一林斎と冴、さらに五郎左衛門にとって大きな賭けだった。この世に存在しないはずの娘が、実存する源六とともに姿を見せているのだ。このようすを聞いた冴は、緊張から解放され、全身の力が抜けるのを覚えた。

数日後、光貞の行列は江戸へ向け、出立《しゅったつ》した。

七

だが、安堵ばかりしておれない。

行列に耳役も式神も入り込んでいたことは、容易に察せられる。大奥や城下に潜む同類たちと綿密に連絡をとり、源六の日常が江戸藩邸の奥御殿に詳しくもたらされたはずだ。

「敵は、新たな策を仕掛けて来ようかのう」

「おそらく」

加納屋敷の奥の一室で、五郎左衛門と竜大夫、一林斎の三人が秘かに会した。

薬込役が太平の世に生きる〝忍びの者〟なら、土御門家の式神もまた似たような存在である。和歌山城内の大奥や江戸藩邸の奥御殿に入っている腰元たちは、さしずめ〝くノ一〟といえようか。

「いかなる策を講じて来よう」

「その場にならぬと分かりませぬ」

五郎左衛門が言ったのへ、一林斎は応えていた。

式神たちは源六の日常を探るばかりで、なんら仕掛けてきていない。それがかえって不気味であった。しかも式神たちは、薬込役たちが掌握している顔ぶればかりとは限らないのだ。

その年の秋も深まり、城下では刈り取った稲を乾燥させる束立《つかだて》の列が、田に迷路をつくったようにならび、子供たちの格好の遊び場となっていた。

源六と佳奈が、そうした楽しい場所を見逃すはずがない。

秋の陽射しに束立や子供たちの影がかなり長くなった時分だった。五、六人の子供が隠れん坊をしている。隠れながらあちらの束立、こちらの窪《くぼ》みへと走りまわるのだから、子供たちにはたまらない。もちろん、源六も佳奈もそこにいる。

離れた束立の陰に一林斎は身を寄せている。なにしろ束立は迷路のようで、キャッキャと騒ぐ子供たちの声は聞こえても姿は見え隠れし、全員がまったく視界から消えることもある。何者かが近づき、手裏剣を打ち込んで逃げるには格好の場面だ。

「ここでしたか、一林斎さま」

中間姿の氷室章助が東立と東立のあいだにいた一林斎を見つけ、急ぎのように言ったのへ、

「おう、どうした。現われたか」

珍しく緊張を覚えた。

「はい。現われました」

「幾人？　ん！　まさか」

「はい。その、まさかです」

一林斎の緊張は高まった。犬のうなる声が聞こえたのだ。

咬まれたなら、数日で体内の水分を失って衰弱し、死に至る病《やまい》のあることを薬込役の者は知っている。その犬の見極めは、種類を問わず異様によだれをたらし獰猛《どうもう》になっていることである。

――病犬《やまいぬ》
薬込役たちはそう呼んでいた。これまで城下で病犬を見つければ、薬込役たちが組屋敷からすぐに出張《でば》って撲殺し、焼却していた。

だが、いまはそれができない。〃病犬〃と呼ぶのさえはばかられる。綱吉の〃生類憐みの令〃が世を席捲《せっけん》しているのだ。

江戸から離れているとはいえ、御三家の一つとあっては公然とお触れに背《そむ》くことはできない。背いたことが柳営（幕府）に知られれば、藩主どころか藩そのものが謀反の嫌疑までかけられかねない。

病犬でなくとも領民が咬まれて抵抗し、その犬を打ち据えたりすれば、人間のほうを捕縛し、打首にまでいかなくとも百敲《ひゃくたたき》くらいにはしなければならない。紀州藩でも、苦渋のなかにそうした例が何件かあるのだ。

「うーむむ」

一林斎はうなった。章助の話では、二人の若そうな百姓女が、

「さような犬を飼いならしているようで、自在にあやつりここまで来て縄を……」

はずしたというのだ。

源六だけではない。一緒に遊んでいる子供たちもろともに、

（咬みつかせる）

非道《ひど》い。佳奈もそこにいるのだ。下知したのは、江戸のご簾中、安宮照子か。怒りが込み上げてくる。同時に、

（かかる技を、土御門家は培《つちか》っていたのか）

脅威である。

敵の仕掛けへの怒りは、いま病犬をあやつっている、二人のくノ一に向けられた。

「よし、やるぞ。章助、子たちを他所へ」

「はっ」

薬込役なら、常に病犬への用意はできている。生類憐みのお触れが出たとき、一林斎が領民を護るために試行錯誤のなかに考案し、光貞も裁可し、藩の事業として薬込役の組屋敷で秘かに量産するようになったものだ。藩士らはそれを知っているが、

「断じて外に洩らしてはならぬ」

光貞は下知した。町場の町役《ちょうやく》たちも含め、それは守られている。

その秘伝を、式神たちの前で披露する。くノ一たちは気づき、失敗は江戸藩邸の奥御殿にも知らせられるだろう。その存在は、安宮照子も久女も知っているどころか、外出時には腰元や警護の武士に持たせ、重宝しているのだ。

しかし、それが式神の仕掛けを防ぐ用途に使われたとなると、照子はどう出るか。一時の浅慮《せんりょ》から、柳営にその存在を明かさぬとも限らない。それこそ御三家の紀州藩が、綱吉公のご政道を虚仮《こけ》にしたことになる。お家は揺らぐだろう。

一林斎が〝やるぞ〟と言ったのは、病犬を始末することはもとより、

（式神二人を葬る）

その決意の表明だったのだ。さいわい二人は百姓女に扮《こしら》えている。殺しても、領内の問題として処理できる。

子供たちに近づいた中間姿の章助が、

「やあやあ、みんな。お犬さんが二匹もそこに来ておるぞ。それも性質《たち》の悪いのが」

「えぇっ」

子供たちは一斉に逃げ出そうとした。

「まてまて。みんな知っているだろう。お犬さんって、逃げればかえって追いかけてくるってことを」

「あ、そうだ。前にもそんなことがあった。みんな、そっと逃げるのだ」

源六が言ったのへ、佳奈もその他の子供たちも、

「そや、そないしょ」

おそるおそる従った。日ごろから、武家も町家も、農家も漁師も、子供たちにそう教えているのだ。

この時点で、式神の思惑ははずれていた。東立の陰で縄を解かれた犬は、逃げる子

供たちのほうへ一斉に走り、つぎつぎと襲いかかるだろう。警護の者が一人か二人では防ぎようがない。その間合いを章助がはずし、一林斎は、

「こら！　二匹とも、おまえたちの犬か！」

「あらら、おまえさまは？」

式神たちは一林斎の存在を先刻承知している。不意に東立の陰から出てきた薬草採りの男に、落ち着いた言葉を投げた。一林斎は緊張したようすで腰の苦無をはずし、身に動きを示した。

（しめた！）

式神たちは思ったはずだ。それが顔にあらわれている。犬は動きのあるものに向かっていく。まして病犬なら……。

一匹ならまだしも、苦無で二匹の病犬に立ち向かうのは危険だ。腕か足に少しでも咬みつかれたなら、療治法はない。衰弱し、死を待つしかない。

――ウーッ

二匹の犬は、式神たちにけしかけられるまでもなく、一林斎に向かってうなりはじめた。よだれをたらし、頭を低く飛びかかる体勢をとっている。つぎに一林斎が動けば、間違いなく飛びかかるだろう。

動いた。素早かった。二匹の犬は反応した。

「えぇえ！」

式神たちは驚き、一歩飛び下がり、身構えた。

犬は一林斎の思ったとおりの反応を示している。稲の切り株に、また凹凸《おうとつ》のある田の土に鼻をこすりつけ、あたりを這《は》いはじめたのだ。

なにやら粉状のものを、一林斎は犬の前に撒いたのだった。

一林斎が考案し、調合した薬味である。

造作は簡単だ。戦国忍者が敵の気勢を削ぐために投げつけていた胡椒玉《こしょうだま》から考えついたもので、魚の干物をさらに乾燥させて粉状にすりつぶし、そこへ胡椒や唐辛子の粉末をまぜた薬味だ。犬に魚肉は効く。においを嗅いだ犬は獲物を求めてあたりを嗅ぎまわるが、お目当ての固形物がない。さらに嗅ごうとするとくしゃみに襲われる。それでも嗅ぎまわって地面を舐《な》め、なにかに飛びかかろうとしていた犬でも、闘争心を失ってしまう。

一林斎がこれを考案したのは、城下で野良犬が路地や庭先に入り諸人《もろびと》が難渋し、海浜では干し魚に群がる犬も追い払えず、途方に暮れる漁師の女房たちを何度も見たからだった。

一林斎は〝生類憐みの令〟を皮肉り、これを〝憐《あわれ》み粉《こ》〟と名づけた。薬込役の者が城下に出るとき、かならず憐み粉をふところにし、すでに幾度も難渋している領民を救っている。

しかし、藩は薬込役に命じ、普及はさせなかった。秘密保持のためからではない。人間にはまったくにおいは分からないが、持ち歩くには犬に気づかれないように幾重にも油紙で包まねばならない。撒くときにも間合いをはずせば逆に犬を呼び込み、飛びかかられることになる。機敏な者でなければ、扱うのは危険だった。一林斎と冴が加納屋敷に定期的に届けていたのは、この憐み粉だった。

憐み粉には二種類あった。毒薬を入れたのだ。これを〝甲種憐み粉〟といった。これを舐めれば、その場で犬は口から泡を吹き、倒れて痙攣《けいれん》を起こし、息絶える。昼間人前で使えば、明らかに毒殺したと分かる。このほうが、むしろ危険だ。

だがいま、一林斎はふところに甲種を入れていないのを悔いた。

二匹の病犬はくしゃみを始めた。

「やや。これはいかに!?」

「そなた、なにを撒いた」

苦無を手に身構える一林斎に、式神二人は腰を落とし、ふところの短刀を握り打ちかかる体勢をとった。

「許せぬ！」

言うなり一林斎の身は横に跳び、

――キュン
苦無が犬の脳天を割っていた。即死だった。もう一匹の犬は、やはり畜生か、なおも固形物を求めくしゃみをくり返し、鼻を地につけ這いまわっている。

「こやつ！」

「覚悟！」

式神二人は同時に地を蹴った。

――キーン
金属音だ。一林斎の苦無が短刀を撥ねた。撥ねられた式神は一林斎の斜め後方に着地し、すぐさまふり向き短刀を構えなおした。

もう一人、同時に左右から斬りかかったはずが、身が宙に舞うなり、

「うっ」

うめき声とともに地に崩れ落ち、

「うううっ」

身を立てなおそうとしたが力が入らない。さらに、

「うっ」

背に手裏剣を受け、地に伏せた。毒薬を塗った、二打目の手裏剣だった。

束立の脇に、百姓姿の男が二人身構えていた。警護の薬込役だ。二人とも腰を落とし大きく上げた手に手裏剣を挟んでいる。一振りすれば瞬時にふたたび二本の手裏剣が飛来しよう。一林斎が式神二人の前に姿を見せたとき、すでにこの態勢はととのっていたのだ。

身を立てなおし、身構えた式神は顔面蒼白となった。勝ち目はない。逃げることも不可能だ。

——クシュン、クン、クン
もう一匹の病犬は地を嗅ぐのに余念がない。

一林斎の身が動いたのと警護の薬込役二人の腕が大きく振られたのが同時だった。

その場で瞬時に呼吸を合わせられるのは、さすがに薬込役同士だ。

——キュン
「ううっ」

二匹目の病犬が一林斎の苦無に頭を割られるのと、式神が恐怖に顔を引きつらせた

まま二本の毒塗り手裏剣を胸に受けたのが、ほぼ同時だった。

二人の式神は章助が看たとおり、二十五、六の若いくノ一だった。この二人が四年前、山中で由利に毒塗り手裏剣を打ち込んだ式神かどうかは分からない。

「さあ、あとの始末はわれらが。早うお嬢と源六君の許へ」

「かたじけない。頼んだぞ」

東立が幾重にもならんでいる。源六たちには音も聞こえなければ目にも入っていなかったであろう。一林斎は女二人の骸《むくろ》に合掌し、その場を離れた。仲間の薬込役たちは、佳奈を一林斎と冴の娘と信じているのか、それとも、

（秘めたものがありそうな）

思っても口には出さない。おのれの役務と直接の関係がないとき、仲間の事情を推測しないのも薬込役の鉄則なのだ。

子供たちは、

「さあ、薬種屋のおじさんが防いでいてくださろう。走らず、ソロリソロリと」

中間姿の章助の差配に従い、実際にソロリソロリと足を運んでいた。まだ、さほども離れていない。

「おーい。お犬さんはもうどこかへ行ってしもうたぞー」

「わーっ」

一林斎の声に子供たちの歓声が上がった。

そのなかに、源六が一人ふてくされた顔をしていた。

(なんでじゃ)

その表情は語っていた。犬から逃げなければならないのが、不満だったようだ。

(それでよい。不満なことには、不満を持ってよいのですぞ、源六君)

一林斎は心中に語りかけた。

「ほう、ご無事で」

章助は一林斎の表情から、東立の向こうでの首尾を覚り、

「さあ、みんな。ソロリソロリはもうよろしいぞ」

「わーっ」

ふたたび歓声が上がった。

こんどは、一林斎の表情に憂慮が走った。

将軍家の布令を逆手に取り、殺害の武器として利用するとは……。

(薬込役にはない発想)

なのだ。しかも、それをすでに実践している。これからも襲ってくるであろう式神

たちが、たとえくノ一であっても、

（侮《あなど》れぬぞ）

加えて江戸おもてでは、照子への牽制もあろうか、源六の環境を大きく変える発想が光貞の脳裡に芽生え、それが次第に具体化しはじめていた。

二　江戸への道

一

不気味だ。

病犬《やまいぬ》を使っての仕掛けを封じて以来、式神になんらの動きも見えない。

だが、事態は動いていた。

霧生院一林斎が薬込役大番頭《やくごめやくおおばんがしら》の児島竜大夫から組屋敷に呼ばれたのは、元禄四年（一六九一）を迎え、すでに季節も弥生（三月）となったころだった。

源六の身辺についてなら、城代家老の加納五郎左衛門が直接話せばよく、これまでも加納屋敷で五郎左衛門と竜大夫、一林斎、それに中間《ちゅうげん》に扮した氷室章助がよく額《ひたい》を寄せ合っていたのだ。それに一林斎は、藩主の光貞公から直接言葉を賜《たまわ》ったことさえある。

だが、竜大夫は一林斎を組屋敷に呼んだ。藩主から薬込役への下知《げじ》は、城代家老をとおして大番頭へ、大番頭から組頭へ、さらに組頭から実行者へと伝えられる。その手順を、竜大夫はいま踏んでいる。ということは、なにやら重大な役務が藩主の光貞から、藩命として一林斎に下知されたことを意味しようか。

朝から暖かさを感じた一日だった。夕刻近く、組屋敷の小者が町場の薬種屋へ、

「大番頭さまが即刻参られよ、と」

伝えてきたのだ。

「あれ、トトさま。お武家のお屋敷のほうなら、加納さまのお屋敷にも寄って、源六の兄《あに》さんに、こんど来るのはいつってきいてきてね」

見送りに外まで出た佳奈が言った。源六は八歳、佳奈は六歳になっている。ついこの前まで、佳奈は源六を〝兄《あん》ちゃん〟と呼んでいたのが、年明けとともに〝兄《あに》さん〟と呼ぶようになっていた。それも成長の証《あかし》であろうか。

「おまえさま」

「うむ」

心配げに見送る冴に、一林斎はうなずきを返した。一林斎も冴も、歴《れき》とした手練《てだれ》の

ならない。

薬込役なのだ。藩主から下知があれば、それが何であれ命に代えても実行しなければならない。

薬込役には一林斎や冴のように、薬草や医術に通じた者が多い。だが、薬師《くすし》の集団ではない。

紀州藩徳川家の始祖となったのは、家康の第十子頼宣《よりのぶ》である。頼宣は四国や九州への要《かなめ》として紀州に五十五万五千石を賜《たまわ》ると、戦国の世が終わり活動の場を失った甲賀者や伊賀者を召し抱え、領内や諸国の状況偵察と極秘任務遂行のため、藩政の組織として〝薬込役〟なるものを設けた。

この組織に頼宣は、家康が薬草学に長じていたことからそれに倣《なら》い、甲賀者や伊賀者のなかでも薬草や医術に秀《ひい》でた者を集めた。陰陽師の式神《しきがみ》以上に、まさしく忍者群である。城下に与えられた組屋敷では、世代を重ねてもその気風と技《わざ》は受け継がれ、新たな技法もまた編み出されていった。

そのながれのなかに、一林斎と冴はいる。冴は大番頭の娘で、生まれたときから女とはいえ行く末を運命づけられ、一林斎は薬草学はもとより霧生院家秘伝の鍼《はり》の技を持っていたことから、鍼灸医《しんきゅうい》となって遠国潜《おんごくひそ》みをもっぱらとした。大坂や京、さらに湊《みなと》のある土地に住みつき、その地に出店《でみせ》を置く紀州の商人や廻船問屋の活動を助ける一方、藩への冥加金に誤魔化しがないかなどを調べていた。

十数年前、遠国潜みの組頭《くみがしら》として城下に薬種屋を構え、冴を娶《めと》ったとき、町場に一林斎の顔を知る者はいなかった。冴とともに生まれたばかりの佳奈を連れ、一時身を隠した山陽道の室津も、かつて一林斎が潜んだ地だった。

組屋敷は城代家老の加納五郎左衛門の屋敷の近くにあった。帰りは遅くなろうかと、ぶら提灯をふところに入れた。地に引く影が、すでに長くなっている。髷《まげ》は結わず総髪で軽衫《かるさん》に羽織をつけ、腰には苦無《くない》を帯びている。

奥の一室で、児島竜大夫は一林斎の来るのを待っていた。

二人は胡坐《あぐら》を組み、対座した。板敷きの間である。薄べりも敷かず、部屋からは他の者を遠ざけている。そこに抜かりはない。それに場所が組屋敷とあっては、大番頭と組頭の膝詰《ひざづ》めを盗み聞きしようなど不可能だ。

対座するなり、一林斎はその役務を下知された。

「うっ」

緊張し、返した。

「光貞公が、さようにご決断なされたのでございましょうか」

「むろんじゃ。光貞公は、すでにご公儀にも筋を通されたそうな」

二人は声を押し殺している。源六の身に、重大な変化が起ころうとしているのだ。去年お国入りしているとき、野に遊ぶ源六を望見してより、ずっと光貞の胸にあったことが、いまここに実現しようとしているのだ。

庭の立ち木の影が、来たときよりかなり長くなっている。そろそろ日の入りか。

「のう、一林斎。感じぬか」

竜大夫は声をさらに低めた。

「感じまする。いよいよ〝敵〟に近づくことを」

「役務のことではない」

「えっ」

「光貞公におかれては、齢《よわい》六十五になられたいま、これがせめてもの亡き由利どのへの、想いのあらわれではあるまいかのう。ご簾中さまとのあいだに、一波乱起きるのも、お覚悟の上でのう。おっ、これは言わずもがなのことを言うてしもうた」

「………」

一林斎はその線上にある向後《こうご》の役務を思い、しばし黙したあと、

「して、これまで秘匿《ひとく》していたこと、ご公儀からのお咎《とが》めは？」

「それじゃ」

竜大夫は胡坐のまま上体を前にかたむけた。

「ご家老によれば、綱吉将軍は光貞公を前に……」

隠し子などと激怒するかと思えば、

「――わっはっは。光貞よ、おまえらしいのう。して、その子は今いずれに」

大笑したという。

「したが、綱吉さまは光貞公に厳命されたそうじゃ。御法は守れ……と」

「そうなりましょう」

「さよう。綱吉さまの申されるは、もっともなことじゃ」

御法によれば、大名の妻子は江戸おもてに住まねばならない。御三家といえど、御法に背《そむ》くことはできない。御三家なればこそ、率先して守らねばならないのだ。

「いつでございます？」

「三日後じゃ」

「えぇ！　ならば、源六君はそのまま江戸に……」

「さよう」

「で、ご家老はいつ源六君に？」

出立《しゅったつ》の日はいま聞いた。

——そなたは加納家の子にあらず、紀州藩徳川家五十五万五千石の若さまであらせられまする
それを五郎左衛門がどこで、どのように話すか、一林斎は訊《き》いたのだ。

竜大夫は応《こた》えた。

「道中にて、あるいは江戸に着いてからやも知れぬ、それはご家老の采配。ともかく和歌山からは乗物など仕立てず、徒歩《かち》にて出立する。源六君はそなたのおかげで、気力も足腰も丈夫に育っておいでじゃ。たとえ江戸までご家老が言いだせず、駕籠《かご》が用意されなくとも、歩きとおせるはずじゃ」

「おそらく。で、ご一行の陣立ては？」

「ご家老が差配され、長持《ながもち》や挟箱持《はさみばこもち》も入れ、およそ三十人とのことだ。城代家老の江戸下向《げこう》との形をとってのう」

「そのなかに、大番頭さまも？」

「いいや」

「えっ」

「わしは数名の薬込役を使嗾《しそう》し、源六君にも供侍《ともざむらい》たちにも覚《さと》られぬよう、江戸まで

潜みの警護につく」

一行には加わらず、周辺に胡乱《うろん》な者が出没していないか探る役務だ。

「ご家老の要請でな」

竜大夫は言った。なるほど源六の存在が公儀に報告されたからには、それが江戸藩邸にいる正室の安宮照子にも知らされていないはずはない。源六が江戸藩邸に入ればその日から、上屋敷の奥御殿で照子の子として暮らすことになるのだ。

「そこでじゃ、ゴホン」

竜大夫は軽く咳払いをし、一林斎にあらためて視線を据えた。一林斎も目で応じ、自然に二人は額を近づけた。

「そなたは江戸に潜むだけではない。ご簾中さまが途中まで迎えの者を出す……と」

「うっ」

低いうめき声を上げた一林斎に、

「さよう。それも、上臈《じょうろう》の久女どのが直々《じきじき》にのう」

竜大夫は低声《こごえ》を這《は》わせた。久女は耳役《みみやく》たちを束ねているとはいえ、年勾配《としこうばい》は光貞や照子とさして変わらず、とうに五十路《いそじ》の坂を越している。幾人かの侍女が同行するだろう。久女なら五郎左衛門らの一行に嘴《くちばし》を入れ、源六に対面し朝餉《あさげ》、夕餉《ゆうげ》に、

『この地の名物なれば……』

理由をつけ、侍女らを本陣の厨房に入れることも可能だ。

――毒殺
江戸へ入る前に……成就の暁《あかつき》には、

『なんとしたこと！　年端《としは》も行かぬ若さまに乗物も用意せず、長途を歩かせ体調を損《そこ》なわしめたるは加納どのの責《せき》』

久女の報告に照子がすかさず上屋敷奥御殿で声を上げようか。

二人にはそれが目に見える。加納五郎左衛門も察していた。だからいま、薬込役の組屋敷で額を寄せ合っているのだ。

「して、それがしの道中での役務は？」

「おう」

竜大夫はうなずくように応え、

「防御するにもなあ、向後のことがある。〝敵〟にわれらがかくも警戒していることを覚られてはならぬ。おもて向きは、あくまでも自然体にふるまわねばならぬ。道中はもとより、源六君が江戸に住まわれてからものう」

「はあ」

一林斎には分かる。ただでさえ源六にはこれから、息が詰まる江戸藩邸での暮らしが待っているのだ。そこへ端《はな》から、ご簾中の照子と〝敵味方〟の関係が明瞭となっては、それこそ源六の毎日は針の莚《むしろ》となろう。それを少しでもやわらげるため、道中での防御はあくまでも〝自然体〟を繕《つくろ》い、行列の本隊とは別途に行動しなければならない。

「そなたは冴と佳奈をつれ、一行の一日か二日ほど先を行くのじゃ」

「なんと！」

その役務に、冴と佳奈をともなう。

——そのまま江戸に潜み、源六君をお護りせよ

それが、一林斎の役務なのだ。しかも、出立は明日ではないか。

「おそらく道中で……」

庭から立ち木の影がフッと消えた。陽が落ちたようだ。

「迎え撃つことになろう、久女どのをなあ。策は任せよう。ただし、一人の死者も出してはならぬ。すべてが、何事もなかったように……のう」

難しい注文だ。薬込役にしかできない。一林斎が失策《しくじ》れば、そのあとの戦場《いくさば》は源六のすぐ身辺となる。

「はーっ」

一林斎は胡坐のまま腰をうしろへずらせ、板敷きに両拳《りようこぶし》をつき頭《こうべ》をたれた。総髪の髪が前にハラリと垂れた。

その肩の上を、竜大夫の低い声はさらにながれた。

「佳奈はもう六歳。江戸までの道中、つづくは八歳の源六君じゃ。ご家老はその足に合わせられよう」

ならば、佳奈も歩きとおせる。

竜大夫の言葉はなおもつづいた。

「あくまで佳奈は、そなたら夫婦の子じゃぞ」

「はーっ」

一林斎は返し、

「それこそ言わずもがな」

つぶやくように言い、腰を上げようとしたのへ、

「それにな」

竜大夫は呼びとめた。

「はっ」

「女狐に仕掛けるとき、手が要るようであれば、つなぎの者に申せ。すぐ遣《つか》わすゆえ」

「お願いいたしまする」

一林斎はふたたび総髪の頭を軽く垂れた。

春も冬場ほどではないが日暮れの足は早い。すでにあたりは夜の帳《とばり》が降りていた。そのなかに二人は、灯りも入れず話していたのだ。

ふところの提灯を出し、小者に火を入れさせた。

武家地はすでに静まり返っていたが、町場ではときおり提灯の灯りとすれ違う。一林斎も灯りを手にしているが、薬込役の者にとってはかえって邪魔になる。一林斎がその〝邪魔〟を手にしているのは、町の薬種屋のおやじを繕っているからだ。

足取りは軽やかだった。

「ふふふ」

含み笑いをした。

「うふふふ」

また出た。昼間なら、すれ違った者がふり返るだろう。つぎの角を曲がれば、薬種屋のある枝道だ。もちろん冴はすでに暖簾を降ろし、雨戸も閉めている。

曲がった。

「わっはっは」

ついに大きな笑いとなった。

裏の勝手口に冴が出迎えていた。

「なんですか？　酔ったふうでもないのに大きな笑い声など」

家の中にまで聞こえていたようだ。近所の者は、薬種屋のおやじがいつになく酔って帰ってきたと思ったかもしれない。

「まずは中で話そう」

一林斎は冴の肩を押した。

居間の行灯《あんどん》の灯りのなかで、

「えぇえ！」

冴は仰天した。江戸への潜み、しかも出立が、

「あしたですか」

「そうだ」

「ま、おまえさま。そんなに嬉しそうな。あっ、うふふふ」

冴は解した。薬込役の潜みの形態《かたち》は、すべてが潜む者の才量に任されている。それ

それが、その地で最も得手《えて》とする潜み方をするのだ。

和歌山城下での潜みは、薬種の商いをしても目立たぬよう、薬種と冴の産婆だけに抑え、一林斎が最も得手とする鍼《はり》は極力ひかえてきた。大小の鍼も革製で紙入れ状の鍼収《はりおさ》めに挟んだまま、納戸《なんど》の奥にしまい込んでいる。

「江戸に出ればのう、佳奈にも伝授するぞ」

「はい。おまえさま」

佳奈は部屋のまんなかで寝息を立てている。

二人は探るように佳奈の寝顔を見つめた。一林斎の脳裡には、竜大夫の言葉がよみがえってきていた。冴の胸のなかも、それこそ〝言わずもがな〟であった。

「――あくまでも、二人の子として」

行灯の火を吹き消し、闇に沈んだ居間に〝川〟の字ができた。

出立はあしたなのだ。

二

すでに屋内にもいくらかの明るさが差し込んでいる。

「えぇえ！　なんでぇ？」

佳奈は眠気を吹き飛ばし驚いたが、衝撃ではなかった。

「いまから旅に出る」

言われても、そのまま他国に移り住むなど、即座には認識できないだろう。部屋の中を見渡せば、家財道具に薬箪笥、箒《ほうき》もかまどの灰もそのままなのだ。

「で、どこへ？　幾日くらい？」

「さあ、どこへどのくらいかかろうかのう」

「佳奈の足が、最後まで達者ならいいのだが」

「達者、達者。遠くても」

父の一林斎も母の冴も、

「楽しそう」

に見える。佳奈もつい元気が出てくる。

ただ、

「源六の兄《あに》さんも一緒に」

言ったのには、一林斎も冴も返答に困った。

「——会わせぬほうがよかろう。そなたらが江戸に潜むことも、源六君に知られぬように、な。ご家老も、さように仰せじゃった」

きのう、竜大夫は言っていた。源六が知れば、藩邸内でつい口の端《は》に乗せ、潜みが江戸に入っていることを照子に感づかれることにつながりかねない。藩主光貞と正室照子の不仲はもとより、敵味方の図式が鮮明となるだろう。それはまた、紀州徳川家と京の伏見宮家の対立ともなるのだ。

それだけではない。照子や久女が、佳奈の存在に、

『はて、何者？』

首をかしげるかもしれない。

「ああ、源六の兄《あに》さんなあ。そろそろ大人の侍としての作法を身につけにゃならんよって、もうこれまでのように棒切れ振りまわして遊んだりはできぬらしいぞ」

「えっ」

佳奈は寂しげな表情になった。源六の環境の変化に、一抹の寂しさを覚えているのは一林斎も冴もおなじであった。

おもてが急に明るくなった。太陽が出たのだ。

「さあ、出かけますよ」

冴がうながした。もう準備はできている。いずれも手甲脚絆《てっこうきゃはん》をつけ、あとは草鞋《わらじ》の

紐をきつく結び、頭に笠をかぶるだけだ。

「あれれ、また急な。こんどは家族三人そろってかね」

「いつごろ戻って来なさる」

突然のことに、両隣の乾物屋と荒物屋に向かいの一膳飯屋の女房たちがおもてに出てきた。一膳飯屋は常に人の出入りが多く、組屋敷の者が薬種屋につなぎを取るのにきわめて重宝だった。それらの女房が朝まだきに往還へ出てきたが、見送りというほどのものではない。一林斎が薬草採りで幾日も留守にするのは珍しくない。こたびもそれが証拠に、一林斎は軽衫に羽織をつけ、背に小脇に抱えられるほどの薬籠《やくろう》を、腰には苦無を提げ、それが朝日に鈍く光っている。

薬籠を持った者が苦無を帯びていても、怪しまれることはない。薬籠には各種薬草とともに鍼灸の道具も入っている。いずれの関所で荷検《にあらた》めをされても、不審な点は微塵《みじん》もない。

ただ、冴のふところに小型の苦無が数本、革袋に入れ収められているのが不審を誘うかもしれない。小型のものは戦国の忍びが、おもに甲賀であったが飛び道具として使っていた。冴は父親の竜大夫仕込みで、この飛苦無《とびくない》では組屋敷でも有数の手練《てだれ》となり、一林斎も冴には敵《かな》わなかった。

　関所で検められても、『夫の助けにございます。掘った根の皮を剝《は》がねばなりませぬゆえ』言えば不審は消えよう。実際、それを根の皮剝きに使っているのだ。まして女が手裏剣もどきに投げつけるなど、役人は想像もしないだろう。

「ほな、お気をつけて」

　両隣と向かいの女房たちに声をかけられ、長年親しんだ薬種屋の前を離れた。女房たちは見送るまでもなく、すぐ火熾《ひおこ》しや水汲みなど朝の仕事にかかった。いずれも佳奈が一緒だから、さほど遠出でもないと思っているようだ。

　一林斎も冴も、潜みの常とはいえ心中は苦しかった。この地にいつ戻れるか。あるいは源六の行く末によっては、そのまま生涯江戸住まいとなるかもしれないのだ。それらを微塵も近所の者に覚られてはならない。あと数日もすれば他の潜みの夫婦が入り、残した家具や薬籠笥やかまどなどをそのまま使い、これまでの一林斎たちとおなじ暮らしに入るだろう。そのあたりの手配りは、竜大夫に抜かりはない。その家族もまた、両隣の乾物屋や荒物屋と懇意にし、向かいの一膳飯屋をつなぎの場として重宝することだろう。

　城下を出た。新たな役務と生活《たつき》への旅立ちである。一林斎は細身で敏捷《びんしょう》そうな筋

肉質の体軀《たいく》に、表情にも精悍《せいかん》さを秘め、修行を積んだ者が見ればハッとし、

(相応の手練!)

心身ともに緊張を覚えるかもしれない。

冴も目鼻はととのい、幼少のころからの鍛錬のせいか細身で、動きにも敏捷さを備えている。およそ薬込役の組屋敷に肥満はいない。おれば戦国の忍者にも似た役務は果たせない。

山間《やまあい》の道に入った。

「トトさま、カカさま。どこへ行くのじゃ?」

佳奈が子供用に切った杖を手に、ようやく進む方向に疑念を持ったか、笠の前を上げ、一林斎と冴を見上げて言った。

一林斎も冴も、できることなら佳奈に大坂や京を見せてやりたかった。その機会もあろうかと、これまでも二人は佳奈によく大坂のにぎわいや京の雅《みやび》を話して聞かせていたのだ。こたびは長途の旅と、朝起きるなり聞かされたものだから、佳奈はてっきり大坂か京と思い込んだようだ。だが方向は分からないまでも往還が進むにつれ寂しくなり、ついに山間に入ってしまったのでは疑念も湧《わ》いてこよう。

「うふふ、佳奈。お伊勢《いせ》参りですよ」

「わっ、お伊勢さん！」

佳奈は歓声を上げた。乾物屋の三歳年上の息子が、家族で伊勢参りをしたのを自慢し、源六と一緒に悔しい思いをしたのは、つい一月《ひとつき》ほど前のことだった。

一林斎が伊勢街道を選んだのには理由があった。加納五郎左衛門と源六の一行の道中を先行するのだ。

「――源六君に大坂、京をお見せしたいのじゃが、避けよう」

きのう、組屋敷で道中の選定を話したとき、竜大夫は言っていた。加納五郎左衛門は、道中の選定も薬込役大番頭の児島竜大夫に任せている。一林斎は得心した。安宮照子の背景は京の伏見宮家であり、伏見宮家には陰陽師の土御門《つちみかど》家がついている。京地は〝敵〟の庭なのだ。

翌日、

「わーっ、すごい！」

伊勢神宮の外宮《げくう》で、佳奈は歓声を上げた。右を見ても左を見ても遍路の白装束で金剛杖を手に、武士に農民、職人に商人の別もなく、これほど混み合う人の波を佳奈は和歌山城下でついぞ見たことはない。

「あたしたちも、伊勢道中はお遍路さんになればよかったですねえ」

「うっ」

冴がふと言ったのへ一林斎はうめき、

「痛い！」

佳奈が声を上げた。

「佳奈」

冴はハッとして察した。何気なく言った〝お遍路さん〟の言葉に、一林斎が思わず佳奈が声を上げるほどその手を握り締めたのだ。冴とて、その心に変わりはない。佳奈の生みの親の由利は、行き倒れのお遍路だったのだ。

ふもとから人のながれに添って伊勢神宮の内宮《ないくう》に入った。前にも後にも玉じゃりの音がやまない。しかし、静かだ。なにやら厳《おごそ》かで、自然と頭が下がる。それが伊勢神宮なのだ。

（護らせ給へ）

なにを……佳奈も源六も、さらに向後の役務も、一林斎と冴は願いを込めた。佳奈も本殿に向かい、小さな手を合わせていた。

ふたたび外宮に出た。夕刻に近かった。金剛杖にお遍路姿の男が前面から近づき、すれ違いざまソッと一林斎にささやいた。

「ご一行、今朝発《た》たれました」

「う」

一林斎はかすかにうなずきを返した。佳奈はキョロキョロしていてまったく気づかなかったようだが、冴は男が近づいたときから覚《さと》っていた。顔見知りの薬込役だ。この道中での、最初の竜大夫からのつなぎである。

「――ご家老は源六君に、この国の山河をお見せする旅でもあると仰せでのう」

竜大夫は言っていた。

一林斎と冴も、源六より二歳年下の佳奈を連れている。

「――ゆっくりと、物見遊山《ものみゆさん》と洒落込《しゃれこ》もうぞ」

薬種屋を出るとき、一林斎は言っていた。そのとおりの旅をつづけている。

伊勢街道をゆっくりと北へ歩を取り、四日市《よっかいち》の宿《しゅく》で東海道に入ったときには、

「わあ。東海道じゃ、東海道じゃ」

佳奈は飛び上がってはしゃいだ。東海道の名は知っている。源六と双六《すごろく》の賽子《さいころ》をふり、江戸から京へ幾度も上がっている。五十三次の名も、かなり知っている。

「源六の兄さんに自慢したーい」

東海道の地を小さな足でピョンピョンと踏み、桑名宿《くわなしゆく》では名物の焼き蛤《はまぐり》に舌鼓《したつづみ》を打ち、尾張国《おわりのくに》は熱田《あつた》までの〝海上七里〟に大よろこびだった。和歌山城下で船は珍しくないが、乗るのは初めてだ。

おなじ見聞を、一日か二日遅れで源六も味わっていることは、常に竜大夫配下の薬込役が一林斎につないでいた。旅の行商人であったり、お店者《たなもの》の旅姿であったり、そのつど扮《こしら》えが変わっていた。

つなぎがあった。

「式神と覚《おぼ》しき女が二、三人。ご家老一行に付かず離れずついております。なれどご安堵を」

一林斎たちの周囲には見られない。式神たちは、小さな娘を連れた薬込役が先行しているなど、まったく気づいていないようだ。

(よし)

一林斎は心中につぶやいた。竜大夫に命じられたごとく〝何事もなかったように〟防御を完遂するには、存在を知られていないことが最大の武器となる。

三河《みかわ》に入ったころ、さすがに佳奈は、

「もう、だめーっ」

弱音を吐き、一林斎と冴の背中へかわるがわるおぶさるようになっていた。六歳ではけっこう重い。駕籠《かご》に乗せると逆に軽く、しかも走らずにすむので駕籠舁《か》き人足はよろこんでいた。馬にも乗せた。上で眠ってしまって落ちないように、両脇を一林斎と冴が手を伸べながら〝随行〟した。

「これだけ大事にしてやりゃあ、きっといい孝行娘に育ちますぜ」

轡《くつわ》を取っている馬子《まご》が愉快そうに言った。その言葉が一林斎にも冴にも、ことさらに嬉しかった。

駿河《するが》の地を踏めば、

「わっ。富士山じゃ、富士山じゃ」

駕籠に乗っても馬の背に揺られても、佳奈は寝ているどころではなかった。一林斎はこれまで幾度か参勤交代への潜み随行で富士山を見ており、江戸の町も一応は知っているが、冴は初めてだ。

「ほんに、ほんに。これが富士ですか」

見晴らしのいいところでしばし足をとめ、佳奈と一緒に見入ったものである。

箱根《はこね》の難所をようやく越え、相模国《さがみのくに》の小田原宿《おだわらしゆく》に入ったのは、和歌山城下を発ってから十六日目のことだった。大人の男の足ならおよそ十一日の道中だから、やはりずいぶんのんびりとした旅だったことになる。

竜大夫からのつなぎによれば、

「今宵ご一行は沼津《ぬまづ》にお泊まり」

の予定らしい。大人の足なら、一日分の距離を置いていることになる。その一行は武家の道中であり、いずれも宿場宿場の本陣か脇本陣に泊まっている。

つなぎの者はさらに言った。土地《ところ》の職人風体を扮《こしら》えている。一林斎たちが草鞋《わらじ》を脱いだ宿《やど》の廊下だ。ちょうど春の陽が落ちたところだった。

「駿河国《するがのくに》の富士川を越えたあたりで、式神と覚《おぼ》しき若い女が二人、江戸へ急ぎ走ったのを確認いたしました」

きょうの午間《ひるま》、急ぎ足の歩き巫女《みこ》二人に追い越された。それだったのだろう。源六一行のようすを江戸へ知らせるためか。道中で襲うのが目的ではないようだ。久女の一行はそれによって江戸を発つ日を決めることになろうか。

「よし。あしたは藤沢《ふじさわ》で足をとめる。大番頭にそう伝えよ。それに、明日よりわしに潜み随行の者を一人つけられたい。撒菱《まきびし》に熱起《ねつお》こしを使うゆえ、その手練の者を」

一林斎の脳裡に、〝策〟は組まれたようだ。

「承知。いよいよでございますな」

「いかにも」

うなずいたとき、つなぎの姿は廊下になかった。

「トトさま、こんなところでなにを。早う行ってきなされ」

「早いせいか、空いておりましたよ」

佳奈と冴が風呂から出てきたところだった。

「おう、そうじゃな」

一林斎は風呂場に向かった。先行した式神たちの江戸へ着く日を考えれば、久女たちの江戸を発つ日が予測できる。道中で源六のお側《そば》近くへ侍《はべ》るには、出迎えが形ばかりのものではなく、

『広い川も厭《いと》わず渡って参りました』

と、〝誠意〟を見せることも必要となろう。それに、随行してから毒を盛る機会を見いだすには、少なくとも初日は無理で二日は要しよう。

(ならば、せめて六郷川《ろくごうがわ》は渡って来よう)

一林斎は脳裡にめぐらせた。

「女狐どもめ、川崎《かわさき》あたりで迎え撃つことになろう」

「はい」

小田原宿の旅籠《はたご》で、佳奈が寝入ってから一林斎が言ったのへ、冴は返した。旅の宿でも、三人は常に川の字である。

川崎は江戸から男の足で、品川宿《しながわしゆく》を経て六郷川で川止《かわど》めさえなければ一日足らずの道中だ。だが紀州徳川家の上臈が出張るとなれば、仰々しく女乗物を仕立てるに違いない。これをいかように足止めさせ、街道で城代家老の一行と接することなく行き違いにさせるか……一林斎の脳裡には、六郷川の瀬音が聞こえ、渡し場の雑踏が浮かんでいた。これ以外に、児島竜大夫が一林斎に下知した〝何事もなかったように〟久女の仕掛けを防ぎ、源六を江戸に入れる方途はないのだ。


「えっ、なんでじゃや？」

翌朝、小田原宿の旅籠で、佳奈は目をこすりながら言った。まだ日の出前というのに、起きると一林斎の姿がなかったのだ。

「トトさまはのう、用事があって先に発たれた。今宵は藤沢《ふじさわ》の宿《しゆく》に泊まり、あしたゆっくりと進めば途中でトトさまと会えようぞ」

「えぇえ。会えるのはあした？」

佳奈は不満そうに応えたが、心細くはなかった。母親の冴が尋常の女でないことは、これまで二人で薬草採りに行ったときなどに見ている。向かってくる猪を飛苦無で仕留めたこともあれば、女とみて、からかってきた土地の無頼を苦無で打ちのめしたこともあるのだ。

東海道は西から箱根の難所を越えると、小田原、藤沢、戸塚《とつか》、神奈川《かながわ》、川崎とつづき、品川宿を経て江戸府内に入っている。佳奈はきのう、一林斎に手を引っぱられ、冴に背を押されてようやく箱根を越え、小田原宿に草鞋《わらじ》を脱いだのだ。

朝まだきに小田原宿の旅籠を出た一林斎は、東への道を急いだ。二人だ。つなぎの報告で、竜大夫が選んだ薬込役が一人、一林斎についたのだ。組屋敷ではヤクシと呼ばれている、薬種の手練である。もちろん、薬種屋だった一林斎とは面識がある。一林斎が信頼している氷室章助は、中間《ちゅうげん》姿のまま源六のお付きとして城代家老の一行に加わり、常に源六の側近くにいる。

ヤクシは言った。

「もう一人、女乗物の動きを探るため、イダテンが江戸おもてへ走った。おっつけ戻ってこよう」

「ほう」

一林斎は頼もしそうにうなずいた。イダテンもよく知っている。ヤクシと同様、その得手からついた通称である。一林斎はどこでイダテンに追い越されたか気がつかなかった。それだけ手練の者といえよう。

冴と佳奈が藤沢宿に入ったころ、一林斎とヤクシは藤沢から戸塚、神奈川を過ぎ、川崎宿に入っていた。藤沢から八里（およそ三十二粁《キロ》）ばかりの旅程だ。すぐに一人増えた。イダテンが江戸から戻ってきたのだ。

「上屋敷を出た女乗物は四枚肩《しまいかた》にて侍女二人に警護の武士四人、挟箱持《はさみばこもち》の中間四人。今宵、品川宿の本陣に入る見込み」

品川から川崎までは二里半（およそ十粁）の道中だ。女乗物の一行があした、六郷川を渡る時刻はおよそ見当がつく。

一林斎とヤクシ、イダテンは策の最終の詰めに額を寄せ合った。

川崎宿は宿場の街並みを東へ抜ければ、すぐそこが六郷の渡しだ。その渡し場こそ、一林斎の脳裡に浮かんだ〝策〟遂行の場だった。

三

冴と佳奈が藤沢宿の旅籠に草鞋を脱ぎ、一林斎とヤクシ、イダテンが川崎宿で落ち合ったころ、五郎左衛門と源六の一行は箱根を越え小田原宿に入っていた。藤沢までなら、ゆっくり歩いても一日は要しない距離だ。

今宵の宿《やど》とする小田原宿の本陣の近くで、五郎左衛門はさりげなく近づいてきた人物にソッと耳打ちされた。

「明日の午前、川崎宿の向こう、六郷川で出会いまする」

「ふむ」

うなずいたとき、男はもう通りすぎていた。川崎宿から飛脚姿で走ってきたイダテンだった。まさしく健脚である。

小田原宿の本陣に草鞋《わらじ》を脱いでから、五郎左衛門は落ち着かなかった。この日の来るのは分かっていた。だが、実際に来たとなれば、動揺せざるを得ない。

本陣の奥への廊下で、

「いかがなさいました。顔色がすぐれませぬが」

源六が、背後から心配そうに声をかけた。武家で八歳ともなれば、もう子供の言葉遣いは許されない。源六も五郎左衛門の訓導で、それを心得ている。

「あ、いや。なんでもない」

五郎左衛門はふり返り、言ったものの、

「そうそう、源六よ。あとでちょいとわしの部屋へ」

「うん。いや、はい。分かりました」

源六もいくぶん戸惑ったようすを見せた。五郎左衛門の表情が、いっになく深刻だったのだ。

陽はまだ沈んでいない。夕餉の膳にはいくらか間がある。

五郎左衛門は部屋で旅装を解き、

「きょうでなければならぬ……」

つぶやき、待った。旅装を解いたといっても、浴衣《ゆかた》ではない。羽織と袴をつけ、身辺から他人《ひと》を遠ざけた。

あした、もしも一林斎が失策《しくじ》ったなら、早くてあすの夕刻、遅くともあさってには久女の一行と出会う。それまでにしておかなければならない、重大な役務が五郎左衛門にはある。

背後の襖《ふすま》の向こうに、人の気配が感じられた。心ノ臓が高鳴る。きょう源六にその話をするということは、これまで足かけ七年になる生活《たつき》を、一挙に清算することにもなるのだ。

「源六、入りまする」

声とともに襖が開いた。八歳の小さな姿がそこに立った。着替えている。なんと、五郎左衛門とおなじ、羽織・袴の正装ではないか。その姿に、五郎左衛門は目を瞠《みは》った。源六は部屋の中に目をやった。上座に座布団が置かれ、その席へ向かうように五郎左衛門が座布団なしで端座し、上体を背後の源六のほうへねじっている。瞬時の沈黙がそこにながれた。

突然だった。その声は大きかった。

「五郎左衛門！　大儀である」

声の大きさとその言葉に五郎左衛門は仰天し、言うなりツカツカと上座の座布団に向かう小さな身を視線で追った。

なんと源六は座布団に座した。端座である。見つめる五郎左衛門は、そのつもりであったとはいえ、仰天から茫然とした態《てい》に変わった。

源六はさらに言った。

「この道中、楽しいぞ、五郎左衛門。して、わしは誰《た》れの子じゃ」

「げ、源六……ぎみ」

大小の視線が、部屋の空間に結び合った。

「あははは。見当はついておるぞ、五郎左衛門。徳川光貞であろう」

笑いは声だけだ。目は笑っていない。その表情には自分以上に深刻さが刷《は》かれているのを、五郎左衛門は看《み》て取った。源六は、五郎左衛門が思っていた以上に明晰《めいせき》な子であったようだ。

「そ、それを、誰に……」

「あはは。自然と分かりまする」

またぎこちなく笑い、言葉をつづけた。背筋を伸ばしている。

「加納家での処遇、爺《じじ》さまとは形ばかり。それに、薬種屋の一林斎どのは、なにゆえわしにああも厳しく、また親切であった」

「源、六、君」

「佳奈だけが、わしを疑いもなく、ただの武家の小わっぱとして扱《あつこ》うてくれた。それがわしには嬉しく、懐かしいぞ」

「そ、それは、佳奈はまだ幼いゆえ……」

五郎左衛門の額は汗ばんだ。

「幼いゆえ……で、あるか。やはり、そうであろうなあ。佳奈よ……」

源六の視線は空《くう》にながれた。

「源六、源六君。こたびの道中は……」

「分かっておる」

視線を五郎左衛門に戻し、

「大名の子となれば、もう二度と紀州には帰れぬのであろう」

言うなり源六は緊張の糸が切れたか、果ては体力までも使い尽くしたか、ガクリと肩を落とし、前に崩れ落ちそうになった身を、拳《こぶし》で畳をついて支えた。

「源六君！」

五郎左衛門は反射的に膝を前に進め、両手で源六の小さな肩を支えた。源六は顔を上げた。その身が跳ね動いた。座布団をはねのけ、畳に座したのだ。

「爺さま」

その変わり身に、五郎左衛門はふたたび仰天した。

源六はつづけた。

「供のお人が話しておいでででした。あと数日で江戸に入る、と」

「い、いかにも」

「わたくしに、こたびの道中。いますこし、楽しませてくだされ。小わっぱとしての旅を、残された数日、あと数日、楽しみたいのでございます！」

言いながら五郎左衛門を見つめる源六の双眸《そうぼう》に、涙が滲《にじ》んでいた。

（この御子、いつの日からか気づき、わし以上に、ずっと悩んでおわしたのだ）

五郎左衛門の目にも涙が滲み、頬に一筋ながれた。

陽が落ちたのか、部屋は暗くなっていた。

「行灯《あんどん》をお持ちいたしましたが」

襖の向こうから家臣の声が聞こえた。

「よい。あとしばらく。呼ぶゆえそのときに」

廊下に気配は消えた。

あらためて手を打ち家臣を呼んだとき、五郎左衛門は上座で座布団に座して脇息《きょうそく》にもたれかかり、源六はその前に畏《かしこ》まるように端座していた。

「あと数日、余人には話さず」

薄暗くなったなかに膝を突き合わせ、二人は話し合ったのだ。

その夜、五郎左衛門は章助に命じ、秘かに竜大夫を召した。源六がおのれの出自を料簡したことを、一林斎にも伝えておかねばならない。

四

朝だ。陽はすでに昇っている。

小田原宿の本陣の玄関で、急ぐ旅でもないのに五郎左衛門は、草鞋の紐を結んでいる源六に声を投げた。

「おい源六。早くいたせ」

「はい。爺さま」

源六は顔を上げた。

おなじころ、というよりも太陽がすっかり昇ったころ、川崎宿の旅籠では、薬草採りか総髪で薬師風の一林斎と、お店者《たなもの》風のヤクシとイダテンの三人が、東手すぐの六郷川の渡し場や、逆の西手になる藤沢、小田原方面に急ぐ旅人たちを尻目に、ゆっくりと玄関に出てきた。旅支度のいで立ちではない。〃大坂難波《なにわ》屋薬師〃と宿帳に書いており、それを証明する手形も用意している。ヤクシとイダテンはその薬種問屋の手代という触れ込みである。早朝に駈け戻ったイダテンは、飛脚の形《なり》を商人の旅姿に変えていた。

いうに」

「あらあら、お客さまがた。出てきなさったかね。お一人はけさがた着いたばかりと
客たちの見送りに外へ出ていた女中から声をかけられた。旅籠の奉公人たちはこのあと片付けに追われ、午前《ひるまえ》の時分になってやっと一息つける。その時分に宿場に入った旅人は、ほとんどが街並みを通り過ぎるだけだ。その分、川の渡し場などが混み合うことになる。

「ああ、姐《ねえ》さんがたの邪魔になっちゃいけないと思ってね。このあたりに、いい薬草でもないかと、ちょいと散歩がてらにな」

昨夜から一林斎とヤクシは、

「――人待ちで、二晩ほどやっかいになりますよ」

番頭に伝え、宿賃も払っているのだ。

太陽が中天近くにさしかかった時分だった。三人の姿は、船頭や荷揚げ人足たちの声が飛び交うなかに見られた。六郷川の渡し場だ。川原には対岸へ渡る待ち客に、いま対岸から渡ってきたばかりの旅人が混在し、さらに群れからはぐれた旅人か、

「おーい、おーい」

連れをさがしているのか。

「おぉう。ここだ、ここだ」

茶店の縁台に座っていた男が立ち上がった。簀張《よしずば》りの茶店が数軒、いずれも縁台に客が座り、けっこう繁盛している。とくにいま混雑しているのは、対岸に女乗物の一行がいるからだった。渡し場が向こうもこちらも停滞している。川を越える旅人たちが最も嫌う光景だ。対岸で揉めているのか、武士がしきりに人足となにやら交渉している。一林斎たちはそれを目で確かめ、うなずきを交わし合った。

六郷川は舟渡しになっている。舟賃は一人十二文から十五文が相場で、荷物によって異なる。だが、武士は公用を務めているとの理由で、舟賃はタダとされている。だが、いくらかの心づけを出すのが通例だ。

まさか五十五万五千石の大名家の上臈が、心づけをけちっているのではあるまい。権門《けんもん》の女乗物となれば四枚肩《しまいかた》で陸尺《ろくしゃく》（駕籠舁き人足）が四人ついている。駕籠だけで舟一艘を使ってしまう。それに上臈の久女を、陸尺や挟箱持《はさみばこもち》の中間《ちゅうげん》たちとおなじ舟に乗せるわけにはいかない。この一行だけで、権門駕籠に陸尺たち、侍女二人に警護の武士四人と中間が四人である。

「同時出発の舟を四艘出せ」

「旦那ア、いま停めているのは三艘でさあ。あと一艘、向こうから来るのを待たねばなりやせん。せめて三艘だけでも先に出させてくだせえ」

「ならぬ。同時にだ」

揉めている内容が聞こえてくるようだ。

「どうしたーっ」

「早くしろーい」

褌《ふんどし》一丁に半纏《はんてん》を三尺帯で締めた船頭や荷揚げ人足たちだけではない。舟待ちの旅人も叫んでいる。そのなかに、三人は紛れ込んでいた。

「ハァックション」

春とはいえ、褌一丁に半纏だけでは、

「寒いなあ」

くしゃみをし、言ったのは一林斎だった。

「おう、見慣れねえ面《つら》だが、見てみねえ。荷揚げのいる舟が来るぜ。すぐに体を動かせらあ」

おなじ姿の荷揚げ人足が応じた。わざわざ薄汚れたさらしの褌と、まわりの者とおなじ屋号の半纏は、昨夜ヤクシが川崎宿の古着屋を叩き起こし、言い値で買いそろえたのだ。三人とも、手拭《てぬぐい》を頬かぶりに顔を隠している。人足には日傭取《ひようとり》も多く、〝見慣れねえ面〃でもおなじ半纏さえ着ておれば訝《いぶか》られることはない。ましていま川原はごった返しているのだ。

六郷の渡しは日本橋から四里（およそ十六粁）、品川宿からなら二里（およそ八粁）で、脚絆を巻いた男の足なら半日の距離だ。往来は旅人だけではない。江戸への物流のながれもある。舟が四艘そろい、

「それでは、参ります」

船頭が棹《さお》に力を入れたとき、両岸の舟着場は人や馬が群れていた。待たされているのだ。先頭の舟には駕籠と陸尺二人を乗せ、次には陸尺二人に中間四人とその挟箱、三番舟に久女と侍女二人に警護の武士一人、最後尾の舟に武士三人だけという贅沢な仕立てだった。

「――六郷の渡しで仕掛ける」

冴はもちろん聞いており、加納五郎左衛門もイダテンから知らされている。相互のつなぎは磐石である。このとき、小田原宿を出た五郎左衛門の一行三十人は藤沢宿に近づき、藤沢宿を出た冴と佳奈は六郷川西手の川崎宿に近づいていた。

対岸を出た四艘が川面を川崎側の舟着場に近づく。さすがに舟が近づけば、罵声《ばせい》を浴びせる者はいないが、

「なんでえ、あれだけかい。どんなご大層な行列かと思ったら」

「いってえ、どこの誰さまでえ。あのチャラチャラした乗物は」

川原の群れのなかからささやきが聞こえる。

「しっ、声が高い」

叱声を吐く者もいる。

「おう、着けるぞ」

「あらよっ」

駕籠を乗せた舟が桟橋に寄せられた。桟橋といっても、杭を打ち込み板を渡しただけの簡素なものだ。男はともかく、揺れる舟から上がるのに女の着物では裾《すそ》をたくしあげても危険だ。裸足《はだし》になって、待ち受けている人足にヨイショと手を引っぱってもらわねばならない。

狭い桟橋に人足たちが群れた。荷は権門の女乗物だ。流れに落とさないようにするのはむろん疵《きず》でもつけたなら、それこそ川番所から役人が出張り大変な騒ぎになる。

「さあ、気をつけてくれい」

「おう。端《はな》から気をつけてらあ」

陸尺と人足たちの掛け合いは荒々しいが、動作は慎重だ。舟が大きく揺れる。

他の陸尺と中間たちを乗せた二番舟が着く。

「早くしなせえ」

人足たちが急かす。陸尺が四人そろい、きらびやかな女乗物は足場の悪い桟橋を、用心深く川原に運ばれた。

中間らの挟箱も陸揚げされ、さらに荷揚げ人足らが待ち構えるなか、警護の武士一人と侍女二人、それに久女の乗った三番舟のへりが桟橋にゴトリと音を立てた。待ち受ける荷揚げ人足のなかに、深く頬かぶりをした一林斎にヤクシとイダテンの顔があった。客は、

（高貴なるお方）

である。いずれも桟橋に片膝をついて待っている。

警護の武士が、

「ようっ」

「ああ、お上臈さま！」

桟橋に飛び上がり、舟が大きく揺れたのへ侍女たちが久女の身を左右から支えた。警護の武士はどうやら、女たちのことを疎《うと》ましく思っているようだ。舟を揺らせて桟橋へ飛び上がるなど、女たちへのいたわりが感じられない。

（あの藩士、なかばふてくされているな）

一林斎は感じ取った。

ということは、

（お付きの二人の侍女は京女……やはり式神のくノ一か）

桟橋の三人は片膝をついたまま、かすかにうなずきを交わした。久女と同様、気位が高く、警護に付けられた藩士たちをうんざりさせているのだろう。

「おつかまりくだせえ」

人足の一人が手をのばし、侍女の一人に真新しい手拭ほどのさらしを差し出した。高貴なお方の侍女だ。直接お手に触れることはできない。さらしを握らせて桟橋に引き上げるのだ。

「よござんすか」

双方呼吸を合わせ、

「よいしょ」

同時に舟の船頭が、草履《ぞうり》を桟橋の人足に渡す。

「へい」

このとき、侍女も久女も足袋《たび》跣《はだし》になっている。

「おつぎのお方、よござんすか」

久女に栈橋からさらしを差し出したのは、人足姿の一林斎だった。侍女は小袖《こそで》に手甲脚絆をつけているが、久女はご大層な小袖の上に打掛《うちかけ》を着込んでいる。道中はずっと乗物の中だから手甲も脚絆もつけていない。

「引きます」

一林斎はさらしを引いた。着ぶくれた久女の体が動き、左足が栈橋の板を強く踏み、さらに右足を板に下ろしたときだった。栈橋の侍女は人足のならべた草履をはこうとしている。二人同時だった。

「痛いっ」

声を上げた。

この直前、一林斎とイダテンの手が素早く動いたのを目にとめたのは、栈橋からも舟からもヤクシ一人である。

二人は撒菱《まきびし》の術を使った。久女が最初に栈橋に踏み下ろした左足ではなく、軽く下ろした右足で踏むように、また侍女には草履をはこうとした足の裏に撒菱を投げたのは、ともに強く踏みすぎてその場で騒ぎにならぬようにするためだった。

撒菱といっても、鉄製のものは重くて持ち運びに不便で、しかもどこででも簡単に造れるものではない。さらに、他人《ひと》に見られれば不審に思われる。一林斎たちは、本物の菱《ひし》の実《み》を乾燥させたものを使っていた。草履は無理だが、足袋なら貫く。持っていても怪しまれない。実は蒸すかゆでれば食用になり、栗の味がする。薬膳では健胃と強壮に効き目がある。それに菱は水草の実であり、桟橋に一つ二つ落ちていても不思議はない。

それが、軽く久女と侍女一人の足袋跣の足の裏に刺さったのだ。二人とものけぞって身の均衡を崩すほどでもない。

「あっ、こんなところに菱の実が」

一林斎はすばやく久女の足に刺さったというより、まだ足袋の裏に引っかかったままの菱を抜き、

「ほれ、これで」

当人に見せてから川面に投げ捨てた。イダテンも侍女の足の裏から草履の上に落ちた菱を拾い上げ、

「よくあることでございます」

川面に捨てた。

「おぉう、また菱かい。近ごろ多いなあ」

言ったのはヤクシだ。

「深く刺さらなきゃ、なんともありませんや」

大きな声でつづけ、

「さ、あとのお女中」

さらしを舟のほうへ差し出した。

久女も侍女たちも騒ぐ間合いを封じられた。チクリとしたのはその瞬間のみで、あとは別状ないのだ。桟橋にいた者はお客の女二人が菱を踏んだらしいことに、

(ありゃ、二人同時に？)

思っただけだった。

菱には、少量でも効く猛毒が塗ってあった。量を多く、使いようによっては死に至ることもある。

戦国の甲賀忍者群が実戦に用い、改良に改良を重ねてきた甲賀秘伝の〝熱起こし〟の毒薬で、少量でも効果を発揮し、これに対応する薬草がないところから〝猛毒〟とされている。

戦国の世で、撒菱に塗って使われることが多かった。踏めば傷口より体内に毒素が入り、半刻《はんとき》(およそ一時間)もすれば傷口が腫れ、全身に熱を帯びはじめる。それが

一昼夜つづき、あとは毒素が体外にながれ出るため自然治癒《ちゆ》のかたちで、熱も傷口の腫れもおさまる。だが当人は自然治癒することなど知らない。傷口の腫れと発熱に、なにやら得体の知れない風土病かとあわてることになる。

「いかがなされた」

最後尾の舟から武士三人が桟橋に上がり、

「おっとっと」

「おぉう」

足を滑らせそうになった一人を他の一人が支えた。

「なんでもない。そなたら、見苦しいぞえ」

高飛車に言ったのは上臈の久女ではなく、侍女のほうだった。武士たちはさらに白けたように黙した。

久女も侍女たちも草履をはき、さらしを握ったまま人足にいざなわれるように桟橋から川原に降り立った。

「さーあ、お待たせしましたじゃあ。同時に舟を出しますぞーっ」

船頭たちの声に川原は活気づいた。というよりもごった返した。

一林斎たち三人の姿はすでにそこから消えていた。すぐさまもとの薬草採りの姿に戻り、旅籠にとって返したのだ。人足たちは、あとはもう人手はいらない。気にとめる者はいなかった。

四枚肩の女乗物を擁した一行は動きだした。川原の者は道を開けた。

土手を越えると、川崎宿の街並みがすぐそこに見える。

「お上臈さま。つぎの神奈川宿までは二里半（およそ十粁）あります。念のため、さきほどのお傷のお手当てを願わしゅう存じまする」

「あれしき、別状ないぞえ」

「野の草のこと。用心に越したことはありませぬ」

「なにを言いやる。早う紀州からの一行に合流せねば。そなたらも心得ていよう」

「なれど、万が一もございますれば」

喰い下がったのは、さきほど一緒に菱を踏んだ侍女だった。自分の足もさすりながら、久女の足が膿みでもすれば責めを負わねばならない。

久女は根負けしたか、

「暫時《ざんじ》じゃぞえ」

承知した。

五

女乗物の一行は、川崎宿の本陣に入った。太陽はすでに中天を過ぎている。この時分、旅籠も本陣も暇なころあいである。

部屋で侍女らが久女の足の裏をあらためた。

「あれ、血が」

点のように滲んでいる。

水洗いをし、冷やしただけで済ませた。侍女らは傷の軟膏を持ち合わせているが、この程度なら塗るほどのこともない。実際に菱の実だけなら、そのとおりである。みずから菱を踏んだ侍女も、血が小さな点になって固まっているのみだった。

「ほれ、別状ないと言うたに」

本陣では茶を所望しただけで発とうとしたときである。

「ううっ」

久女がにわかに痛みを訴えた。

「あれ、あれ」

侍女らは診立ての違っていたことに狼狽《ろうばい》し、出立《しゅったつ》は暫時とりやめた。が、すぐに暫時どころではなくなった。

春というのに、

「寒い」

久女は打掛をつけ立ち上がったところで、しゃがみ込んでしまったのだ。侍女は二人とも式神である。簡単な医術なら心得ている。源六に盛るべき毒薬も持ってきているのだ。

悪寒、すなわち発熱……原因はなにか。菱……？　傷の腫れだけならまだしも、菱が刺さって発熱など、甲賀のながれを受け継ぐ者以外、くノ一もどきの式神はむろん、いかなる医師にも見分ける知識はない。狼狽のなか部屋へ戻り、

「お上臈さま。ともかく横に」

蒲団を延べ、寝かせた。かなりの熱だ。毒薬の効き目が早かったのは、歳のせいであろう。顔色からも苦しそうな息からも、熱のかなり強烈なことが診て取れる。短期の旅に、解熱剤など持ち合わせていない。侍女らは警護の武士たちにも訊いたが、

「さようなもの、印籠に入れてござらん」

嘘ではない。印籠にあるのは、おもに胃薬と傷薬だ。

「医者を」

本陣から人が走った。

医者は出払っていた。

「この宿場に、薬種屋はありませぬか」

ない。

だが、本陣の奉公人の一人が言った。

「街で、それらしき者を見かけましたでございます」

総髪に薬籠を小脇に抱えていた。本陣の使用人らが街に走った。すぐに分かった。

旅籠の柏屋《かしわや》にきのう草鞋を脱いだという。

「ああ、大坂は難波屋という薬種問屋の薬師でございます。そのお方ならまだおいでです。さきほど薬草採りの散歩から帰られたばかりで、お供の方といま中食《ちゅうじき》を」

柏屋の番頭は応《こた》えた。

一林斎がヤクシを薬籠持《やくろうもち》に仕立て、本陣へ走ったのは言うまでもない。これからの江戸潜み暮らしで〝敵〟の一人となる人物だ。熱起こしの効き目を確認することもさりながら、

（その者の品定めを）

絶好の機会である。二人の侍女もくノ一もどきの式神なら、それもまた実戦の敵となろうか。さきほど桟橋で顔は見たが、技量も測っておきたい。

この時刻、本陣の投宿客は久女たちの一行だけだった。

奥の部屋に通された。侍女二人が待っていた。小袖姿で端座している。一林斎とヤクシは堂々と顔を二人にさらした。一林斎たちの変身の術が完璧だったのか、侍女たちが端《はな》から頬かぶりの人足など歯牙《しが》にもかけていなかったのか、まったく気づいていない。

侍女はハツとマキと名乗った。あらためて見ても、二人とも目鼻がすっきりと通っているが眉と唇が薄く、女の優しさが感じられない。菱を踏んだのはハツのほうで、まだ症状があらわれていないのは、

（若さと健康体のせいだろう）

思うなかに侍女二人は、

「臥《ふ》せておわすは、やんごとなきお方にて……」

久女の症状を話しはじめた。菱の実を踏んだことは話さなかった。もしそれが原因なら、久女にそのようなものを踏ませてしまったのは自分たちの落ち度になり、ましてみずからも踏んだのでは、くノ一として恥ずべきことだ。二人が語った症状は、ま

さしく甲賀秘伝の熱起こしの症状そのものであった。

一林斎は直截《ちょくせつ》の診察を求めたが、

「さきほども申したでありましょう、やんごとなきお方と」

旅の薬師ごときに診せられぬというのであろう。

「そなた、いかなる薬草をお持ちか。熱さましがあれば所望《しょもう》いたしたい」

高飛車な物言いだ。

「熱であればちょうどよい。笹草《ささくさ》の根茎《こんけい》を干したものがこの薬籠に入っている。それを煎《せん》じよう」

「いや、所望するだけじゃ。煎じるのはわれらがいたすゆえ」

もし自分が源六と五郎左衛門の一行についていて、いずれかが病にかかれば、薬湯は見知らぬ医者などには任せず、自分で調合するだろう。ましてハツとマキは毒薬を〝敵〟に盛ろうとしている。その意識が防御にも働く。

「いいでしょう」

ヤクシに薬籠を開けさせ、笹草の根茎を取り出した。多年草で葉が竹笹に似ていることから〝笹草〟の名がついている。解熱作用があって口渇《こうかつ》を癒《いや》し、利尿を促進して体内の毒素を体外に流し出す作用がある。

「それだけしかありませぬのか」

「薬籠にはのう。宿《やど》に戻れば、あとすこしあるが、一人なら当面はこれで間に合おうかな。足りなければ、きょうはまだ宿におるゆえ取りに来なされ」

「いまから参ろうぞ」

「いや、われらも常備しておらねばならぬゆえ。どうしてもという場合だけにしていただきたい」

一林斎とやりとりしているのは、主にハツだった。ハツが医者のまねごともし、源六への毒薬の仕込みもするのだろう。

「そうそう、いまの季節なら芹《せり》が採れる。さっきも見たが、六郷川の水辺に密生していた。あれのしぼり汁も解熱に効くゆえ、試してみなされ」

「さようなこと、聞かずとも知っております。ともかくそなたらの旅籠は柏屋でありましたな」

ハツは念を押した。

帰り道、

「ふふふ。あの菱を踏ませたハツとやら、かなり身体を鍛えているようだな」

「したが、もうそろそろ症状が……」

一林斎とヤクシはゆっくり話しながら旅籠に戻ったが、そのとおりになった。

「首尾は」

「あはは。すぐに遣いの者が駈け込んでくるぞ」

待っていたイダテンにヤクシが応えたのとほとんど同時だった。廊下に女中がけたたましい音を立てた。一林斎が玄関に出ると、

「至急、来てくだされ」

中間を随え、裾を乱して走ってきたのはマキだった。

「笹草を！　本陣にて、調合も願いまする！」

柏屋のあるじや女中のいる前では用件のみで、多くを語らないのはさすがである。だが、一林斎には分かっている。ハツの足も腫れ上がり、全身に熱を出したのだ。ふたたびヤクシを薬籠持に本陣へ向かった。その道に、マキは言った。

「ハツどのも、やんごとなきお方とおなじ症状にて、双方とも足に腫れが……」

「なにか棘《とげ》のようなものでも踏まれましたかな」

「は、はい」

「なにを？」

「舟から上がるとき、菱の実を」

「うむ」

一林斎はうなずきを返した。

本陣に着いた。ふたたび奥の部屋に通された。診た。やはり久女は別間である。あくまで格式を重んじている。

「ここで煎じてくだされ。おなじものを二人分」

ハツの声は息苦しそうになっている。おなじ処方のものを別間の久女にもというのであろう。ハツを診れば久女の症状も分かる。足の腫れと熱は、予期したとおりである。久女の症状は、ハツよりいくぶん重いか。だが、回復はおなじであるはずだ。箱火鉢が部屋に用意された。林斎とヤクシは、ハツとマキの目の前で笹草を煎じた。苦しそうなかにもハツは蒲団の上に上体を起こし、一ときおりうなずいている。処方に得心しているようだ。中間が命じられていたのか、芹を籠《かご》一杯に摘んできた。生汁を絞り出した。足を、濡れ手拭で包み、

「足から川面の悪い毒素が入ったようじゃ。用心せねばのう、よくあることじゃ」

腫れが出たときのようすも、

「突然ではなかったかな。痛みも不意に覚え……」

と、一林斎は見ていたように言い当て、

「膿むようすはない。なあに、そなたは若いゆえ、明日の夕刻には腫れも熱も引きましょう。もう一人のやんごとなきお方とやらも、ご年配であろうかの。それでも明後日の朝には全快いたしましょうぞ。大事にはならぬゆえ、ご安堵召されよ」

傷口への知識と薬湯の手馴れた煎じ方に、ハツは熱を帯びた赤ら顔のなかにも安堵の色を見せ、

「わたくしの、考えていたとおりの処置じゃ」

などと言うのは勝気のせいか、それとも式神としての矜持《きょうじ》からか、

（いずれにせよ、喰えぬ女たちだわい）

警護の武士団がうんざりしているのも、分かるような気がした。いまもそれら四人の藩士は奥から遠ざけられているのか、これからの潜みを思えば、顔を合わせずにすんだのはさいわいだった。

一林斎とヤクシが柏屋への道を返したころ、地に引く影がかなり長くなっていたが、旅人の多くはまだ川崎宿を素通りし、次の神奈川宿へ、あるいは六郷の渡しへと足を急がせている。

一林斎とヤクシから本陣のようすを聞いたイダテンが、神奈川宿への旅人のなかに混じり、さらに足を速めた。

――上臈らは明日の夕刻まで川崎宿の本陣に滞在、動けるのは明後日の朝児島竜大夫に伝える口上だ。すぐさま加納五郎左衛門にも伝えられよう。ヤクシもイダテンのあとを追うように柏屋を出た。

「わっ、トトさまじゃ！」

と、疲れたようすの佳奈と冴が柏屋の玄関に立ったのは、六郷川の船着場が閉じられ、旅籠の出女《でおんな》たちが往還で競って客引きの声を張り上げている時分だった。冴は一林斎の表情から、聞かずとも策の首尾を覚った。

その夜、五郎左衛門の一行は藤沢宿に入っていた。川崎宿まであと八里だ。暗くなった宿の軒端に、五郎左衛門と児島竜大夫は声を潜めていた。

「相分かった。なれば、あす夕刻前までに川崎宿を過ぎればいいわけじゃな」

「いかにも」

「目立たぬよう人数を分散し、あすの内に六郷の渡しを渡ろう」

一林斎の差配で推し進めた〝策〟である。五郎左衛門も児島竜大夫も成就を確信した。警護の藩士四人が、マキに言われても街道に出て見張りに立つようなことはあるまい。唯一命令ができる久女は、いま臥《ふ》せっているのだ。

五郎左衛門と竜大夫の話はさらにつづいた。

「陰陽師の式神、ハツにマキと申すか」

「二人とも、かなり利かん気のようで」

「憐れよのう。一林斎の手になるか、それともイダテンかヤクシが引導を渡すか」

「一林斎の判断するときが、必ず参りましょう」

「ふむ」

五郎左衛門はうなずき、軒端から二つの影は消えた。

部屋では周囲に家臣たちがいる。

「さあ、源六よ。あしたは品川に入るぞ。そこはもう江戸じゃ。藩邸にはあさっての午《ひる》ごろ。よいな」

「はい」

五郎左衛門の言葉に、源六は応えていた。

夜は更け、五郎左衛門の部屋に小さな影があった。藤沢宿本陣の、奥まった一室である。五郎左衛門はいくぶんの緊張を含んだ口調で言った。

「あす品川宿の本陣で、家臣らにこたびの東下《あずまくだ》りの目的を話しますぞ。よろしいな、源六君。心召されよ」

「五郎左衛門。これまでの処遇、嬉しく思うぞ」

　二人は端座で向かい合っている。

おなじころであろうか、川崎宿の柏屋の一室でも、

「わっ。あしたやっとお江戸ですか」

佳奈ははしゃいでいたが、さすがに疲れが出たか風呂につかり、夕餉を摂るなりすぐさま寝息を立てはじめた。

部屋の中は行灯一張《ひとはり》の淡い灯りに照らされている。

「いよいよでございますね、おまえさま」

「うむ」

佳奈の寝顔の横で一林斎はうなずき、

「和歌山城下よりも羽根を伸ばせる。潜《い》みも医術をもってすれば、広く世のため人のためにも尽くせるぞ」

「あれ、おまえさま。潜《い》みであることをお忘れか」

「分かっておる。だから〝も〟と言ったではないか」

「ま、ほほほ」

冴は口に手をあてた。

品川を過ぎれば、潜《い》みの江戸住まいだ。二人の目は自然に、佳奈の寝顔に向けられ

た。

「育てるぞ、わしやおまえの二代目に」

「はい、おまえさま」

佳奈の小さな寝息が、かすかにうなずいたように感じられた。あすも、日の出とともに六郷の渡しは動きだす。渡れば品川宿へは二里……。

六

ゆっくりした朝だった。

「トトさま、カカさま。まだですか？」

いつもとは逆に、佳奈のほうが急かした。すでに脚絆と手甲をはめ、部屋の中で笠と杖をいじっている。きのう〝もうすぐ江戸〟と聞き、起こされるまでもなく早く目が覚めたのだ。

「そう急がなくても」

冴は一林斎の髪を結っていた。月代《さかやき》を剃るのではなく、総髪の後頭部をきつく結んだ茶筅髷《ちゃせんまげ》にするだけだから、そう長くはかからない。

「わっ、トトさまの頭、筆のようじゃ」

佳奈はこの道中、もう幾度〝わっ〟をくり返しただろうか。源六の口ぐせが、もうすっかり佳奈の口ぐせになっている。

簡単な茶筅髷でも、一林斎には初めての髷である。それも心機一転し、江戸に入る準備の一つだった。

三人が柏屋の女中たちに見送られて旅籠を出たのは、陽もすっかり昇り、六郷の渡しも朝の一段落を終え、そろそろ東は品川宿、西は神奈川宿からの旅人の姿が見えようかといった時分だった。

「おう、ご一家お三人さんかね。人がそろうまでちょっくら待っておくんなせえ」

船頭の胴間声《どうまごえ》が栈橋にながれる。きのう、久女とハツに菱の実を踏ませた栈橋だ。

川を舟で渡るのは、佳奈にとってそう珍しくはなくなっている。それでも渡れば江戸が近いとあっては、

「わー、待つの？　早く、早く」

「あはは、お嬢。もうすぐだで」

また船頭の胴間声がながれる。

「わっ。動いた、動いた」

客が十人近くになり、船頭がかけ声とともに棹《さお》で舟を桟橋から離したとき、佳奈は歓声を上げた。客たちは佳奈の無邪気な姿に微笑んでいる。そこに武士はおらず、旅装束のなかに土地の者も混じっている。式神とおぼしき者は、舟にも対岸にも認められなかった。

「早くう」

佳奈がまた急かす。三人は舟を降りると、また茶店に入って時間をつぶしたのだ。ゆっくりというよりも、ノロノロとした足取りだった。

品川宿に入ったのは陽が西の空にかなりかたむいた時分だった。早朝に川崎宿を出た者なら、とっくに江戸の街並みに入り、旅装を解いているころだろう。

「えっ。ここでまた一晩泊まりますのか」

先に進みたそうな佳奈をなだめ、旅籠に入ったのは出女たちが往還に出て客引きの声を競いはじめる前だった。そのような時分だったから、

「待ち人が来るゆえ、相部屋はいかんぞ」

と、二階の街道に面した部屋を取ることができた。

障子窓を開ければ、下に街道のながれが手に取るように見える。

冴は佳奈を連れて海岸へ散歩に出かけた。江戸湾の袖《そで》ケ浦《がうら》だ。無数の大小の白帆が

風と波に揺らいでいる。

「わーっ」

と、これには海を見慣れた佳奈も声を上げた。

一林斎は軽衫に茶筅髷の姿で街に出かけ、府内より本陣に二十人ほどの武士の一行が入ったのを確認した。町場の旅籠とは違った豪勢な玄関口に掲げられた高張提灯《たかはりちょうちん》を見れば、いずれの一行かすぐ分かる。葵の紋所が打たれている。赤坂御門外の紀州藩徳川家の上屋敷から、〝源六君〟を迎えに藩主の光貞が差し向けた一行だ。

「よし」

本陣の高張に一林斎はうなずき、旅籠に引き返した。

そろそろ陽が落ちる時分となった。

冴と佳奈はまだ戻っていない。

「――夜になれば、船の漁火《いさりび》がとってもきれいですよ」

出かけるとき、冴は言っていた。海岸でそれの灯るのを待っているのだろう。佳奈にまだ、向後の江戸暮らしに潜みの裏走りがあることは伏せておいてほうがよい。あくまでも一林斎と冴は町医者と産婆なのだ。

障子窓を開けた。

「まあまあ、ここで一泊なさって」

「お江戸にはあしたの朝に」

出女が江戸府内に急ごうとする旅人たちを、競うように呼びとめている。その往来人のなかに、

「ほう」

一林斎がうなずき、出女たちがしばし声をとめ道を開ける一群がいた。挟箱や槍持の中間たちを随えた、見るからに本陣の客と分かる武士の一行だ。十五人ばかり、その十数歩先を、周囲に目を配りながら歩いているのは、商家の旅姿を扮《こしら》えたヤクシである。ということは、一行のなかの小さな姿は、

「源六君、ようここまで歩きなされた」

二階の障子窓から、一林斎はつぶやいた。それを確認するため、品川宿で一泊できるように、ゆっくりと川崎宿から歩いてきたのだ。

「入るぞ」

背後の襖が開いた。入ってきたのは児島竜大夫だった。絞り袴に羽織をつけ、笠を手にし打飼袋《うちがいぶくろ》を背に結んだ、歴とした武士の旅装束だ。今宵から竜大夫は晴れて城代家老の一行に加わる。

「おっつけ、あとの十五人ばかりが品川に入ろう」

竜大夫は言う。三十人だった一行は、川崎宿をできるだけ目立たぬように二組に分かれて通過し、その状態を一日中つづけていたのだ。

「ならば今ごろ川崎では」

「さよう。久女どのとハツの熱がようやく下がり、城代家老と源六君の一行がすでに去ったことに気づいていようかのう。そのようすは、あすにでもイダテンが上屋敷に知らせて来ようて。うふふふ」

「はあ」

一林斎は大きく息をついた。潜み随行の役務は、ここに終わったのだ。

「さあ、わしはこれから本陣の客となってくる。氷室章助はおまえとのつなぎ役として、中間姿のまま上屋敷に残る。屋敷内でのつなぎの者も、おぬしを迎えにもうすぐ来よう」

竜大夫は腰を上げ、襖のところでふり返り、念を押すように言った。

「江戸での潜みの組頭はおぬしぞ」

「はっ」

一林斎は茶筅髷の頭を垂れた。

外は暗くなりかけ、出女たちの声が一段と大きくなっている。

部屋に一人となり、一林斎は一抹の寂しさを覚えた。今宵から源六は、紛れもない五十五万五千石の若さまなのだ。

外はもうすっかり暗くなり、部屋の行灯にも火が入っている。

「わー、きれいだった」

佳奈が興奮したようすで冴と一緒に、女中の手燭に先導され部屋に帰ってきた。

ほぼ同時だった。女中が閉めたばかりの襖の向こうから、

「小泉忠介《こいずみただすけ》、参りました」

「おう。入られよ」

聞こえた声に、一林斎は応じた。

襖が開いた。

女中の手燭に三十がらみの精悍な武士が一人、浮かび上がった。

一林斎は参勤交代の潜み随行で江戸に下ったとき、一度会ったことがある。佳奈はもちろん、冴も初対面だ。

江戸藩邸で藩主光貞の腰物《こしもの》奉行をしている。常に藩主のお側近くにいて、竜大夫が〝屋敷内でのつなぎの者〟と言っていたように、ときには取次ぎ役になることもある

小泉忠介が、薬込役であることを光貞は承知している。そのほうが光貞にとっても心強いのだ。

「やはりそうでありましたか。さきほど廊下でうしろ姿を拝見し、冴さまと佳奈さまではないかと思いまして」

「えぇえ」

冴は一見してすぐそれと解したが、佳奈は突然入ってきた立派なお武家に〝さま〟などと称《よ》ばれ、面喰らった。これより腰物奉行の忠介も、潜みにおいては一林斎を組頭とする配下に入るのだ。

「このお方はなあ、紀州藩のお侍で儂の以前からの知り人でのう。これからの江戸暮らしになにかと尽力していただいたのじゃ」

一林斎は佳奈に話して聞かせ、

「きょうはここで一緒に泊まり、あしたの朝早く、江戸ご府内に案内つかまつろう。早く湯につかって、明日に備えなされ。早くに発ちますぞ」

「わっ。あしたこそお江戸じゃ。さっきの漁火も源六の兄《あに》さんに見せてやりたかったけど、あしたはもっといろんなものを。さあ、カカさま。早う湯に」

「はいはい」

佳奈は冴を風呂場に急かした。

「なるほど」

忠介はうなずいた。佳奈の出自《しゅつじ》と、一林斎と冴の娘として育てられていることについては、城下で源六と連れ立ってよく遊んでいたことも合わせ、すでに竜大夫から聞いている。いまの佳奈の言葉から、それらを慥《しか》と感じ取った。〝源六の兄さんに〟と〝カカさま。早う〟……深刻さなど微塵《みじん》もなく、きわめて自然に佳奈の口から出ていたのだ。

「そなたも、向後さように心得られよ」

「ははーっ」

忠介は威儀を正した。源六が〝若さま〟なら、佳奈は〝姫さま〟であり、それをさきほどの佳奈のごとく、大人たちが微塵もおもてにあらわしてはならない。江戸という〝敵地〟に乗り込み、かつ佳奈の命を護りとおすには、佳奈自身にこれからも〝家族三人〟の生活《たつき》へ、いささかの疑念も持たせてはならないのだ。あした早くに発つのも、本陣から源六を乗せた権門駕籠が府内へ発つ前に、品川宿を出るためである。行列には氷室章助など、佳奈の知った顔もある。この道中、源六が常に一日離れただけの近くにいたことも、佳奈はまったく知らないのだ。

翌朝、まだ夜が明けきらないうちだった。本陣では、昨夜〝若さま〟となった源六はまだ寝ていようか。

「わっ、こんなに早く」

目をこすりながらも、佳奈は嬉々《きき》としている。太陽が出たのは、品川宿の町並みを出て街道が袖ヶ浦の海浜に沿い、高輪《たかなわ》の泉岳寺《せんがくじ》の門前を過ぎたあたりだった。そこに見る日の出に、

「わーっ」

佳奈は立ちどまり、歓声を上げた。

歓声はそこだけではなかった。忠介の案内で、陽が高くなるのとともに街道は往来人に荷馬、大八車に町駕籠が行き交い、歩が新橋《しんばし》、京橋《きょうばし》と過ぎ日本橋に入ったときには、あたりのにぎわいに佳奈は歓声よりも目を瞠《みは》るばかりであった。冴にとっても初めて目にする、まるで縁日のようなにぎわいだった。

「さあ、渡りますぞ」

忠介にうながされ、日本橋を渡った。

忠介は竜大夫の下知で、一林斎の〝家族三人〟の潜みの場を、繁華な街中《まちなか》に確保していた。

日本橋の北詰から大通りは室町《むろまち》となり、そのまま北へ町名を幾度か変えながら十丁（およそ一・一粁《キロ》）ほども町家がつづき、神田川《かんだがわ》に橋が架かる筋違御門《すじかい》までつながっている。その規模と人々の行き交うさまは、佳奈はもとより冴の想像をも絶した。

「どこまで行きますのじゃ」

佳奈が迷子にならないように冴の手をしっかりとつかみ、ふたたび、

「わっ」

と声を上げたのは、筋違御門の手前の広場だった。火除地《ひよけち》だ。町のなかに、

（こんな大きな広場が！）

だけではない。広場には飴屋が太鼓を打ち、とうもろこし屋が香ばしい匂いを団扇《うちわ》であたりに撒き、願人坊主《がんにん》に曲独楽《きょくごま》の大道芸まで出ている。その広場のまわりを須《す》田町《だちょう》といった。

「さあ、そこですぞ」

小泉忠介は火除地の手前で左手の枝道に入った。

「これです」

立ちどまり手で示したのは、板塀に囲まれ、木の柱と板戸を組み合わせた簡素だが両開きになっている冠木門《かぶきもん》だった。

「わっ」

佳奈がまた声を上げた。つづけて一林斎と冴も気がついた。

冠木門の両隣が乾物屋と荒物屋で、和歌山城下の薬種屋とおなじだったのだ。しかも冠木門の向かいが、大きさこそ違うが一膳飯屋だった。

「だから、ここを選んだのです」

さすがは薬込役である。忠介は言ったものの、乾物屋と荒物屋までおなじだったことには、

「これはまた、偶然でございますなあ」

目を丸くしていた。

門を入ると、薬草を干すには充分な庭があり、建物には奥行きがあって、町家がひしめくこの界隈では、かなり広い地所を占める造作になっている。裏庭もあって自前の井戸まであるのが便利だ。忠介が江戸市中を物色し、

（ほっ、この一膳飯屋。つなぎの場にちょうどよい）

と、数日前に借り受けたのだ。

潜みには雑踏が適している……薬込役の代々の経験からきている智恵だ。赤坂御門の紀州藩徳川家の上屋敷とは、江戸城をはさんで西と東になり、緊急のつなぎにはい

ささか不便だが、外で紀州藩士とバッタリ顔を合わせる心配がない。美貌であった由利の顔を知る藩士や腰元が、町角で佳奈を見たならハッとするかもしれない。まだ六歳とはいえ、佳奈の顔は由利に似てきているのだ。これから年月を経れば、さらに似てくることであろう。危険だ。須田町なら、その心配は半減される。

「わーっ。ここがわたしらの家になりますのか。和歌山より広い」

用意されていた家作に、佳奈はよろこんだ。これより潜み組頭である一林斎の、江戸隠密暮らしが始まるのだ。

「ふむ」

「おまえさま」

一林斎と冴は、佳奈の頭の上でうなずきを交わした。

三　潜《ひそ》みの者

一

「えー、鍼《はり》の先生。大盛屋《うち》に先生へってお客人が来ておいででござんすが」

大盛屋《おおもりや》から飯炊きの爺さんが、いつも開け放している冠木門《かぶきもん》から入ってきたのは、須田町の家作に旅装を解いてから三日目の、午《ひる》をかなりまわった時分だった。

向かいの一膳飯屋だ。屋号からも分かるように、格式などなにもなく、町場の大衆相手の飯屋だ。

「それが、お供を一人連れた立派なお武家でさあ」

爺さんは言う。

「おう。それならこっちへ直接来てくれるよう言ってくれんか」

霧生院一林斎には、客人が誰かすぐに分かった。この三日間、ずっと待っていた相手だ。

初日、二日目と、近所への挨拶まわりの一方、当面必要な茶碗に箸から日用の雑貨をそろえるなど、冴はもちろん佳奈ともども大わらわだった。

おかげで三度三度の食事は大盛屋ですませ、店の者とはすっかり馴染みになった。和歌山城下の一膳飯屋はおやじと女房の二人でやっていたが、神田須田町ではさすがに客の出入りも多く、夫婦はむろん飯炊きの爺さんにお運びの仲居に洗い場など、近所からの通いの者が常時四、五人は働いている。おかげでそれらの口を通じ、

「こんどお向かいに越してきたの、鍼師《はりし》に産婆さんの夫婦者だって」

「そりゃあ、ありがたい。さっそく診てもらわなくっちゃ。家《うち》の爺さん、腰が立たずに寝たきりさあ」

「あの長屋のかみさん、大きなお腹かかえて、産婆さんが近くじゃ安心だわさ」

近所で言う声もあったが、

「でもねえ……」

疑心暗鬼に眉をひそめる者もいないではない。むしろ、そのほうが多かった。まだ鍼灸《しんきゆう》・産婆の看板も出していない冠木門を、中間《ちゆうげん》を随《したが》えた武士が入ってき

た。

「おっ、小泉どのに氷室どのではないか」

一林斎は玄関から出てきた。武士の主従と聞いたから、てっきり児島竜大夫とヤクシかイダテンのいずれかと思っていたのだ。

「さあ、こちらへ」

玄関ではなく、庭に面した縁側のほうを手で示した。

家作は小泉忠介の差配ですぐ住める状態に補修されていたが、きのう町で注文した薬簞笥や衣装簞笥などが、きょうあたりから次々と運び込まれ、玄関から屋内はごった返している。入ったその日から必要な蒲団《ふとん》と搔巻《かいまき》だけは押入れの中にそろっていたのは、さすが小泉忠介で気が利いていた。

「氷室どのにもこの場所を知っておいてもらわねばと思い、きょう同道してもらいましたのじゃ」

「さよう。これからのつなぎは小泉どのより、それがしの役目となりますゆえ」

二人は言う。羽織・袴に二本差しの武士と紺看板《こんかんばん》に梵天帯《ぼんてんおび》の中間が、このような言葉を外で交わしたなら、聞いた者は仰天するだろう。大盛屋の中では、飯台の樽椅子《たるいす》に腰かけた武士に、中間はかたわらで土間に片膝をついていた。武家の作法だ。たとえ町場の飯屋といえ、奉公人があるじとおなじ座につくなどあり得ないことだ。

小泉忠介と氷室章助が、わざわざ大盛屋に入って遣いを向かいの冠木門に出したのは、自分たちか、あるいは一林斎に式神の目が張りついていないか探るためだった。ついている形跡はなかった。それに、佳奈が章助を見れば、

『えっ？　源六の兄さんも』

思うことになろう。のっけからそれを思わせないための配慮でもあった。

「あーぁ、堅苦しゅうございました」

章助は言いながら縁側に上がり、部屋の中に入って障子を閉めた。羽織・袴と紺看板と軽衫《かるさん》に筒袖《つっそで》がおなじ畳の上で三つ鼎《がなえ》に胡坐《あぐら》を組んでいるのなど、他人《ひと》に見られたらそれだけで奇異に思われ、

『こんど越して来た鍼師はいったい？』

注目される要因の一つとなる。これも避けねばならない。

「いま冴と佳奈は、当面の着るものを近くへ買いに行っていましてなあ」

「ほう、柳原《やなぎわら》土手《どて》へ」

「そう。ここはほんに便利なところじゃ」

江戸には慣れている小泉忠介が言ったのへ、一林斎は応《こた》えた。

冠木門からすぐ近くの筋違《すじかい》御門の火除地から神田川に沿って東へ、十六丁（およそ一・八粁《キロ》）にもわたって大通りか広場のような土手が柳並木とともに浅草《あさくさ》御門までつづき、一帯を人々は柳原堤《つつみ》とか柳原土手と呼んでいる。

「――まず近くを探検」

と、佳奈が冴にねだって筋違御門の火除地の広場を見に行き、この柳原土手に気づいて足を踏み入れたのは、品川宿から江戸入りしたその日の内だった。

「――わーっ」

声を上げたのは、佳奈よりも冴のほうだった。見わたす限りどこまでも、古着屋と古道具屋がつづいている。板塀の常店《じょうみせ》もあれば簀《よしず》張りの茶店のような商舗《みせ》もあり、風呂敷だけで商《あきな》っている行商人もいる。すべてが古着と古道具で人が群れ、ところどころに食べ物の屋台や矢場《やば》などの遊び場も出ている。

そこにきょう、冴と佳奈は出かけているのだ。着物が不要となった人から必要とする人にわたり、さらにすり切れ雑巾になるまで着古され、日用雑貨も竈《かまど》の灰になるまで使い込まれるのが、この時代の常態だった。

部屋の中で、

「女二人、朝から出かけたのじゃが、全部見るだけで一日はかかろうかな」

一林斎は、しばらく冴と佳奈が帰ってきそうにないことを話し、

「準備次第で、この部屋を療治部屋にして、隣を待合部屋にしようと思うてな」

「それがしもこの間取りを見たとき、そう思いましたよ」

庭の廊下に面して部屋が二つならんでおり、奥のほうが一家の居住空間となる。

「なるほど、この町なら鍼も産婆も繁盛しましょう。ですが役務を考えれば、あまり名が広まっても困りますが」

小泉忠介に氷室章助がつなぎ、

「それよ。源六君はいかようか。それをおぬしらは伝えに来たのじゃろが」

一林斎は急かすように本題をうながした。

「そのことですが、光貞公があそこまでお考えだったとは、腰物奉行のそれがしも気づきませんでした」

源六が品川宿から権門駕籠《けんもんかご》に乗せられ、外濠《そとぼり》赤坂御門外の上屋敷に入ったその日のことだったという。冴と佳奈が柳原土手のにぎわいに目を丸くしていたころであろうか、藩主が政務をつかさどる中奥の一室に源六を召し、

「――源六、よう戻ってきた。そのほうに、新たな名をさずけようぞ」

光貞から〝松平頼方《まつだいらよりかた》〟の姓名を賜《たまわ》ったというのだ。〝松平〟は、徳川の権門にし

か許されない姓だ。

「これには児島竜大夫さまはもとより、城代家老の加納五郎左衛門さまも驚いておいでてでございました」

小泉忠介は言う。

（ご簾中《れんちゅう》の安宮照子さまの手前、光貞公は〝徳川〟の姓ではなく、〝松平〟姓を用意された）

解釈できる。しかし、〝松平〟姓を名乗らせることは、源六が徳川一門の一人であることを公《おおやけ》に宣言したことにもなる。

「その上で、光貞公は源六君を、いや、頼方さまを、奥御殿にお入れなされた」

「ほう。晴れて徳川ご一門となったからには、ご簾中さまとて容易には仕掛けられなくなったということじゃな」

「それにつきまして、それがしは奥御殿と中奥のつなぎ中間を拝命しました。大番《おおばん》頭《がしら》さまと城代家老さまの配慮です」

氷室章助が言った。奥御殿と中奥のつなぎ中間といえば、奥への荷運びの中継ぎである。奥御殿の腰元衆と接する機会が多く、腰元が外出するときのお供につくこともある。薬込役大番頭の児島竜大夫が城代家老の加納五郎左衛門に進言し、実現したようだ。源六にしても、中間であろうと和歌山で身近にいた者が江戸おもてでも近くにいるとなれば、なにかと心強いことであろう。

「きのうさっそく奥御殿の裏庭に入り、庭からですが源六君、いえ、松平頼方さまのお姿をチラと拝見しました」

奥御殿では直接口をきくことはおろか、近くに寄ることもできない。源六の頼方も八歳となればそれは心得ていよう。

「それがしに気づかれ、わざと聞こえるように、お付きの腰元に大きな声で」

「いかに」

一林斎は身を乗り出した。

「――ここの暮らしも、なかなかのものじゃなあ」

言ったというのだ。

「おいたわしや」

一林斎は返した。章助に言えば、和歌山にもとどくと思ったのかもしれない。

(佳奈に自分の居場所を伝えたがっている)

一林斎には分かる。

だが、薬込役が三人も鼎座《ていざ》になり、感傷に浸《ひた》っているわけにはいかない。

「ご簾中さまが仕掛けるとなれば、殿中では無理。頼方さまが外へお忍びで出られたとき」

「遠からず、その機会は来ようなあ」

忠介が言ったのへ一林斎は返した。そのための、一林斎の江戸潜みなのだ。松平頼方となった源六に、屋敷内で〝不慮の事故〟でもあれば、上臈《じようろう》の久女が責を負わせられるだけではすまなくなるだろう。

「お忍びの動きがあれば、それがしがすぐ知らせまする」

章助の言葉に一林斎は期待を込めてうなずき、

「ふむ。頼むぞ」

「して、大番頭さまは？」

「言付けを頼まれてござる」

話を前に進めた一林斎に、忠介は応えた。

きょう午前、紀州より随行してきた藩士ら十人ばかりと江戸を発ったというのだ。児島竜大夫が薬込役の大番頭であることは、家中の者は知っている。その児島竜大夫が品川宿で姿を現わし、〝源六君〟の行列について上屋敷に入り、早々に国おもてへ発った。

式神は江戸にもいよう。それらが東海道のいずれかにまでに尾《っ》け、竜大夫が国返しの藩士らとともに紀州に入ったことを確認するはずだ。

――役務は道中の潜み随行のみであったことの〝証《あかし》〟となる。

「で、言付けとは」

「向後、よしなに……それだけでござった」

「ふむ」

一林斎は再度うなずいた。冴は竜大夫の娘であり、一林斎はその娘婿だ。その〝新居〟を一度も見に来ることはなかった。

(さすが大番頭さま)

一林斎は感じた。城代家老の加納五郎左衛門より、薬込役大番頭の児島竜大夫のほうに、式神たちの目は張り付いているはずだ。屋敷内でも、久女が注視していたことだろう。竜大夫は一歩も屋敷から出ることなく、早々に国おもてへ発った。江戸に潜んだ一林斎たちから、式神たちの目を完全にそらせたことになる。

「城代家老さまは政務もあり、あとしばらく上屋敷に滞在のご予定です。それがしたちもここに長居は無用。ともかくきょうは、屋敷のようすを伝えに来もうした」

「向後のつなぎは、それがしか他の者が」

小泉忠介と氷室章助は腰を上げた。

「うむ」

一林斎はうなずき、冠木門まで見送った。外に出ると、やはり中間姿の章助はうやうやしく忠介のあとについた。

大盛屋から、職人風体が二人出てきて、冠木門の外に立つ一林斎にソッと告げた。

「小泉どのと氷室どのに、〝虫〟はついておりませなんだ」

「ふむ」

一林斎はわずかにうなずき、冠木門の中に戻った。

ヤクシとイダテンである。

「――われら二人、大番頭さまの下知により、江戸赤坂の町場に潜みまする」

道中の川崎宿で二人は言っていた。外濠赤坂御門外の広大な紀州屋敷の周辺には、町場が広がっている。さきほど、須田町とのつなぎに氷室章助が〝他の者〟と言っていたのは、この二人のことである。

「あーぁ、重うございました」

「重い、重い」

と、冴と佳奈が大きな風呂敷包みを背に、疲れたなかにも満足そうに帰って来たのは、日の入りのすこし前だった。小袖《こそで》から襦袢《じゅばん》、一林斎の下帯まで買いつけていた。

佳奈は嬉しそうに風呂敷包みを解き、自分の着物や帯を部屋に広げている。冴にそっと忠介と章助が来たことと、〝よしなに〟との竜大夫の伝言と、すでに江戸を離れたことを告げると、

「さようでございますか」

買い物を堪能した満足そうな顔のなかにも、キリリと表情を引き締めた。

二

神田須田町の枝道の冠木門に看板が出されたのは、武士と中間の訪問があってより六日ほどを経てからだった。看板といっても、短冊よりすこし大きめの木の板に、

――鍼灸　産婆　霧生院

と墨書された、札《ふだ》といっていいほどのものである。和歌山城下では〝霧生院〟の名は知られておらず、江戸でもその名が薬込役の系統と知る者は仲間内のみだ。

開業までこれだけの日数をかければ、奥向きの家財道具はもちろん、療治部屋の

薬簞笥《くすりだんす》にもおよその薬草がそろえられた。

「鍼師と産婆の夫婦で、かわいい女の子が一人」

大盛屋をとおし、家族者が須田町に越して来たことは広まっていた。だが、

「お江戸の人って、新参者には冷たいのかしら」

「いや。儂《わし》の知っている範囲では、決してさようなことは……」

冴が言ったのへ、一林斎も首をかしげていた。初日から家族そろって上得意となった向かいの大盛屋以外は、両隣の乾物屋と荒物屋も含め、町の者はどことなく一家に距離を置いているのだ。

そこへ最初の患者が来た。〝霧生院〟の木札《きふだ》を冠木門の柱に掲げた日だった。須田町の住人に違いないが、腰痛の爺さんでも大きなお腹のかみさんでもなかった。

「ともかく来てくだせえ。すぐそこでさあ！」

冠木門に駈け込んだ町の女房風の女がいた。言われ、ともかく一林斎は薬籠を小脇に走った。冠木門の脇道から奥のほうへ角を一度曲がっただけの、すぐ近くの長屋だった。二十歳《はたち》くらいの若い男が腹を押さえ、

「いてーっ、死ぬーっ。ううぅぅ」

七転八倒していた。呼びに来たのは、その長屋の住人だった。

一林斎は症状を診てすぐ原因は分かった。急性の食あたりだ。仲間の男や腰高障子から心配そうにのぞき込んでいた長屋の住人にも手伝わせて患者をうつ伏せに押さえ込み、足三里《あしさんり》と足裏の人さし指のつけ根の裏内庭《うらないてい》という経穴《つぼ》に鍼を打った。

「ふーっ」

患者の蘇生《そせい》したような声に、

「おーっ」

「これは！」

仲間の男も手伝いの長屋の住人たちも驚きの声を上げた。しかもその若者は、

「痛み、痛み消えやしたぜ」

身を起こし、やわらいだ表情になって言ったのだ。

「馬鹿者、調子に乗るな。おまえは悶死するところだったのだぞ。横になっておれ」

「へえ」

一林斎のきつい言葉に男が素直に応じたことへ、長屋の住人たちは、

「おぉぉ」

また声を上げた。うなっていた男は留左《とめざ》という遊び人で、町内の嫌われ者だった。

それが一林斎に従順な態度をみせたことに、住人たちは驚いたのだ。嫌われ者でも急

病となれば、やはり助け合うのが町場の長屋だが、この男、どこか憎めないところがあるのかもしれない。

一林斎は長屋の住人に冴を呼びにやらせ、駈けつけた冴が町内の八百屋に走ってつくったのが、春大根とその葉っぱを煮込んだ味噌汁だった。

「さあ、きょうの晩めしはこれ一杯で、あしたは大根と葉っぱを増やして三度のめしはそれだけですませるのじゃ」

「へえ」

留左は素直に応じた。

翌日だった。留左は長屋の者につき添われ、ふらつく足で冠木門をくぐり、

「あのう。お代のほうは、いま持ち合わせがねえので」

「あはは。それなら残りの大根を持ってこい。葉っぱも一緒にじゃぞ」

「しかし先生。易者でも見れば見料《けんりよう》を取りやすぜ」

「そうか。そんなら二、三日で体力が回復するから、そのとき庭の草むしりでもしろ。それよりも、長屋のお人らに感謝しろ」

「へえ」

素直にまた長屋の住人につき添われて帰ったが、二日後ほんとうに草引きに来た。

「先生、すまねえ。こんどいい目が出たときにゃきっとお代を……」

などと言って、手で盆茣蓙《ぼんござ》の壺《つぼ》を開けるまねをして見せたのは、どうやら本気でそう思っているようだ。

なにやら冷たかった近所の目がこれでいくらか変わり、さらに決定的に変わってその原因も分かったのは、留左が全快し四日ほどを経てからだった。

須田町からは日本橋に近い神田鍛冶町《かじちょう》だった。

いくらか明るくなっているが、太陽はまだ出ていない。鍛冶町に古くから門を構えている町医者に、乳呑み児を抱えた女が夜明けを待ちきれぬかのように駈け込んだ。

当然、門はまだ閉まっている。

「お願いします。お願いいたしまするうっ」

叫びながら門扉《もんぴ》を叩いた。

「ん？　なんでえ、ありゃあ」

日本橋のほうから、いずれかで夜っぴて丁半でも打った帰りだろう。足をとめたのは、留左だった。浮かぬ顔から、いい目は出なかったようだ。

乳呑み児を抱いた女はなおも叫び、門を叩いている。〝霧生院〟のように柱に板戸だけの冠木門ではない。屋根のある耳門《くぐりもん》もついた立派な門で、壁も板塀ではなく白壁だ。女のくたびれた着物のようすから、高い薬料《やくりょう》が払えそうにはとても見えない。

耳門が開いた。

「お願いいたし……」

「朝からうるさいぞ！　うちの先生はな、事前の予約がなければ診なさらん！」

竹箒《たけぼうき》を持った下男だった。箒で掃き出すように女を払い、耳門を閉じてしまった。

女は乳呑み児を抱えたままふらつき、地に尻餅をついた。朝の早い豆腐屋や納豆売りがオロオロしながら見ていたが、どうすることもできない。

「どうしなすったい」

留左は着物の裾をちょいとつまんで走り寄り、

「おうおう、赤児じゃねえか。おっ、ぐったりしてらあ。顔も真っ赤だぜ」

留左は母親の肩をつかんで引き起こし、

「ばかだなあ、おめえ。ここは大名家にもお目見えの乗物《のりもの》医者だぜ」

「あぁあ」

「ついてきねえ」

乳呑み児を母親から奪うように自分で抱き、先に立って小走りになった。

「あぁ、その子を、どこへ」

母親はふらつきながらあとにつづいた。

「すぐ近くだ。徒歩《かち》だがいい医者を知ってるぜ」

留左は乳呑み児を抱いたまま振り返った。豆腐屋と納豆売りがホッとした表情で見守っている。方向からみて、留左が向かったのは須田町だったのだ。豆腐屋も納豆売りも、須田町の〝霧生院〟に出入りしており、一林斎や冴の人柄をすでに知っているようだ。

冠木門はまだ開いていない。

叩いた。

「先生！　先生っ。留左です。急患でさあ。起きておくんなせえっ」

「まあまあ、なんですの、留さん。また悪いものでも食べなさったか」

冴は言いながら冠木門の門扉を開けた。起きたばかりで、まだ眠そうな顔だったが
留左がぐったりとした乳呑み児を抱き、うしろに髷を乱し顔色も悪い女が立っているのを見るなり、

「さ、早く中へ」

一林斎も佳奈も起きてきて、縁側の雨戸を開け、療治部屋はにわかに慌《あわただ》しくなった。

一段落ついたのは、太陽がすっかり昇ったころだった。

朝からの騒ぎに、向かいの大盛屋に両隣の乾物屋と荒物屋のおかみさんも湯沸かしなどの手伝いに来ていた。

それから二日ほど、乳呑み児と母親は〝霧生院〟の奥の部屋で養生し、風邪をこじらせ高熱を出していた乳呑み児は一命を取りとめ、看病疲れで衰弱していた母親も元気を取り戻していた。

女は鍛冶町の路地裏長屋で近所の縫い物の手伝いなどをしながら生計を立てている、母一人子一人の住人で、子が風邪をこじらせ一人で数日看病していたが急変し、朝を待ちきれず乗物医者と知ってはいたが駈け込み、門前払いされたところへ留左が通りかかったのだった。豆腐屋や納豆売りが、近所でそう語っていた。

母親が子を連れて鍛冶町に帰るという日だった。留左がまた来て、

「へへへ、先生。あっしはこいつらのこと、まったく知らねえんでさあ。薬料でやすがね、連れて来たあっしが一山当てりゃあ、そのときこそまとめて。へへへ」

しきりに恐縮する女の前で言い、

「馬鹿者。おまえが連れてきたのなら、最後までおまえが責任を持って鍛冶町まで送ってやれ。あと幾日か、この子の薬湯も煎じるから、おまえが持っていけ。ふむ、薬

料か。庭の草引きをそのままつづけろ」

「へえ」

実際に留左はそのあと、毎日のように〝霧生院〟の庭掃除に来た。鍛冶町の女も子を背負ってきて手伝い、縫い物をすると冴よりうまかった。

町医者は大別して乗物医者と徒歩医者に分けられる。開業のときには、親の跡でも継がない限り、誰でも徒歩医者だ。薬籠持《やくろうもち》の下男一人くらいを連れ、歩いて患家《かんか》をまわる。評判がよくなれば患家も奉公人も増え、権門駕籠に乗りはじめる。これが乗物医者だ。

徒歩医者は誰でも乗物医者になりたいと願っている。医者にとっては出世である。徒歩医者のとき薬料が一服二分《にぶ》であったのが、乗物医者になると五分も六分も取り、呼んだ患家では駕籠舁きや薬籠持などにも心づけを出す。商家などでは、病人が出れば無理をしてでも乗物医者を呼ぶ。徒歩医者など呼べば、

『あのお店《たな》、かたむいているのではないか』

などと悪い噂の種になる。

乗物医者になれば、次には大名家出入りのお目見え医者になりたがる。いい患家を持って相当あくどく稼ぎ、門構えもととのえなければなれるものではない。逆に乗物

医者の形をとったものの、薬料が高くなって患家がつかなくなり、夜逃げをして他所でまた徒歩医者から出なおしという例も少なくない。

鍛冶町の医者は、いずれかの大名家のお目見え医者にもなっているらしい。こうなれば町内の急患でも、長屋の住人などはむろん、商家でも小さなところは相手にしない。診れば格が下がる……。

須田町の住人は、当初は医者が越してきたと期待を持ったが、やはり鍛冶町の乗物医者と重ね合わせ、

「乗物医者になりたがっているお人なら、目障りなだけだぜ」

言っていたのだ。鍛冶町の医者は、界隈で相当あくどいことをやっているようだ。

町内の腰痛の爺さんが家族につき添われて〝霧生院〟の冠木門をくぐり、お腹の大きかった長屋のおかみさんが、亭主があわてて冴を呼びにきて無事出産したのも、留左が鍛冶町の母子を連れてきてからだった。

「おう、父《とっ》つぁん。あんたも喰いすぎかい」

などと、草むしりをしながら留左は待合部屋で待っている患者に悪態をついたりする一方、弱っている患者には、

「しっかりしなせえ」

などと肩を貸したりしていた。

須田町での〝鍼灸　産婆　霧生院〟の生活《たつき》も落ち着いたころ、

「和歌山で源六の兄《あに》さん、どうしているだろうねえ」

佳奈がときおり言うようになったのが、一林斎や冴には気がかりだった。

三

三月《みつき》ほどが過ぎ、夏の盛りとなった一日だった。

職人姿のイダテンが〝霧生院〟の冠木門をくぐった。待合部屋で、腰痛や肩こり、胃ノ腑が痛むなどの爺さんや婆さんたちに混じって、順番を待った。これも人隠れの術である。

「そこの若い人。元気そうじゃが、どこが悪いのだね」

「へえ。心ノ臓が急に差し込むことがありやして。なにか悪い病でもと心配になりやしてねえ」

「そりゃあ用心しなされ。霧生院《こご》の先生に診てもらえば安心じゃ」

待合部屋で言葉を交わしながら順番を待つ。自分の番が来て冴に呼ばれ、ようやく療治部屋に入る。一林斎と低声《こごえ》で話しても怪しむ者はいない。

「先生。心ノ臓が……」

「どれ」

イダテンと一林斎の声が待合部屋にも聞こえる。

あとは低声になった。

「あさって、ご家老は国おもてへ発たれる。あす、日本橋にて」

「さようか」

イダテンが告げたのへ一林斎は返し、緊張を覚えた。これまで上屋敷から急な知らせはなかった。それも、

（城代家老の加納五郎左衛門さまが、藩邸に御座《おわ》したればこそ）

一林斎は思っている。その五郎左衛門がいなくなる。この三月、一度も会っていない。向後の話もあろう。一林斎も会いたかった。頼方である源六の、上屋敷奥御殿での暮らしぶりも聞きたい。

翌日、〝霧生院〟を冴に任せ、一人で出かけた。

日本橋に近い料亭の一部屋で、昼餉《ひるげ》の時分どきだった。武士と茶筅髷の医者……奇異ではない。職人姿のイダテンとヤクシが屋敷の近くから五郎左衛門に潜み随行し、

式神の尾いていないことを確認している。

「何年も経ったような気がするのう」

五郎左衛門の言葉は、そっくり一林斎の思いでもあった。

「して、源六君はいかに」

本題に入った。和歌山城下を知る者にとって、松平頼方などとご大層な名よりも、源六はあくまで源六である。

「この三月のあいだ、わしが毎日お会いし、お諫《いさ》め申し上げておるでのう。まあ、なんとか」

五郎左衛門は〝お諫め〟と言った。その言葉で、一林斎は源六の境遇を察した。

「いたわしや」

思わず口をついて出た言葉に、五郎左衛門は無言でうなずいた。

八歳ともなれば、腰元たちからいかに〝若さま〟扱いされようが、照子や久女の自分に接するときの冷たさを感じないはずはない。源六なら萎《しお》れるよりも反発し反抗するであろうことは、現場を見ずとも一林斎には分かる。そこを五郎左衛門は〝お諫め申し上げて〟いるのだ。

その五郎左衛門が、あしたには国おもてへ帰る。

仲居が膳を運んできて話は一時中断し、つぎに五郎左衛門が言った内容に一林斎は仰天した。

「わしと二人だけになる機会がときどきある。そのときじゃ」

源六は佳奈の話をよくするらしい。懐かしんでいるのだ。

「——佳奈をこの屋敷へ呼び寄せる方途はないか」

源六は五郎左衛門に言ったというのだ。庭を二人で散歩しているときだった。言いながら源六は、外へ通じる通用門を、

「凝《じ》っと見つめながら言うので、わしは胸がつまったわい」

むろん、聞かされる一林斎も同様だ。和歌山城下の加納屋敷から、裏門を出て町場の薬種屋へ走った日々を思い起こしていたのだろう。

「そこでじゃ、佳奈を、いや、佳奈姫の存在を殿に話し……」

「お待ちくだされ！」

一林斎は五郎左衛門の言葉をさえぎるように、手を前に出した。

なるほど五郎左衛門が和歌山に帰ったあと、源六の心を癒《いや》すことができるのは、佳奈をおいて他にはいまい。それに、佳奈を〝この屋敷へ入れる〟のは決して不可能ではない。五郎左衛門がきょうにでも、

『実は殿……』

光貞に話せば、照子とのあいだの波風は極に達しようが、即実現する。しかしそれは、牙を隠した〝女狐〟の前に、佳奈を差し出すことになる。

(殺害の標的が二人になる)

考えただけで、ゾッとする。

五郎左衛門は言った。

「ご簾中さまは、機会を待っておいでじゃ」

むろん、源六が屋敷の外へ出る〝機会〟である。

源六にそれをさせないためにも、

(佳奈を上屋敷の奥御殿に……)

五郎左衛門は源六にせがまれ、ふと考えたのかもしれない。

「なりませぬ」

一林斎にきっぱりと反対され、五郎左衛門はむしろホッとした表情になった。胸中に思い浮かんだものの躊躇《ちゆうちよ》し、一林斎から明瞭に断わられるのを期待し、この話を切り出したのだろう。これで五郎左衛門も、心の整理ができたことであろう。

話はそこまでだった。

最後にふたたび五郎左衛門は、

「ご簾中さまにとってはのぅ、源六君がそっと外に出られる以外に機会はないでのう。源六君にその願望があることを、〝敵〟は当初から見抜いておる」

実際に〝敵〟は和歌山城下で、病犬《やまいぬ》を仕掛けてきたのだ。

「向後の策は、江戸潜み組頭であるそなたに任すぞ」

「はっ」

一林斎は明瞭に返した。

須田町に戻ったのは、まだ陽が充分にあるころだった。

待合部屋の患者が絶えるのを待っていたように、

「いかように?」

冴は訊いた。

一林斎は話した。

「えぇえ!」

冴も五郎左衛門の口から、佳奈の話が出たことに仰天した。

「カカさま、どうなされました」

奥にいた佳奈が心配して療治部屋に出てきた。

冴は厳しい表情で、

「佳奈、おまえには薬研《やげん》の挽《ひ》きかただけではなく、鍼《はり》の練習もしてもらいます。きょうからです」

「ええぇえ。カカさま、こわーい」

佳奈は驚いた表情になった。さほどに決意を込めた冴の形相だったのだ。

(まだ六歳じゃぞ)

言おうとした言葉を、一林斎は飲み込んだ。佳奈は自分たちの娘なのだ。とくに冴の脳裡には、一林斎が防御に立つなか、息絶えた由利の胎内から、手を血に染め佳奈を取り上げた日のことがよみがえっていた。自分が出産するよりも体力を消耗し、かつ凄惨な場であったのだ。

このとき一林斎の脳裡に、佳奈の安寧を図り、源六を護る最上の方途は、

(ご簾中さまを、害《がい》し奉《たてまつ》ること)

ふとよぎった。霧生院家秘伝の技《わざ》をもってすれば、できないことではないのだ。

佳奈の鍼師《はりし》への教育というよりも鍛錬が始まったのは、その翌日からだった。

すでに近所に遊び仲間もできている佳奈が、

「ちょっとおもての広場へ」

冠木門を走り出ようとしたのを冴は呼びとめ、

「これをするのです」

裏庭のほうへ連れて行き、見せたのは、竹筒を切った容器に、米糠《こめぬか》を固く詰めて盛り上げ、さらにさらしで押さえ、きつく結んだものだった。

「なに？　これ」

「鍼山《はりやま》です」

押し手（左手）で竹筒ではなく米糠の山を押さえ、右手で鍼を打つ。腕の曲げ具合、手首と指の動かし方の鍛錬となる。

「えぇぇ！」

佳奈は遊びに出たいのをこらえ、

「こお？」

「もっと強く。そこをゆるめて」

「このくらい？」

「そお。指先だけでなく手のひら全体で……」

押し具合の感覚をつかむ。患者が動かぬようにして鍼を打つ、最も基本の鍛錬である。幾日か、それがつづく。

もちろん、外へ遊びに出るのを禁じたわけではない。まだ六歳なのだ。外へ出ようとする佳奈に冴は、

「これをいつも持っていなさい」

クルミの実を二つ持たせた。手のひらの中でクルクルと、音を立てないようにまわす。指先を柔軟にするためだ。一林斎と冴はいまなお、患者を診るあい間にクルミを手の中でまわしている。佳奈は和歌山のころ、それを見ておもしろがっていた。

「えっ、そうだったの」

と、初めてその意味を知った。はじめはおもしろそうにしていたが、それをやらねばならないとなると、おっくうになってくる。遊び仲間からも、

「クルミの佳奈ちゃん」

などと呼ばれるようになった。

夏が秋になったころ、

「もういやだあ」

佳奈は言いはじめた。鍼山の鍛錬もまだつづいている。

「和歌山に帰りたーい」

とも。そのあとに、佳奈はつづけた。

「源六の兄《あに》さん。きっと待っている」

冴と一林斎は顔を見合わせた。

佳奈に和歌山を忘れさせるための、鍼師への鍛錬だったのだ。

「すこしゆるめてはどうか」

「いいえ。つづけます」

一林斎が言ったのへ、冴は返した。

四

その機会が来るのは早かった。

六郷川の渡し場で久女の姿は見たが、

「ならば、この際だ。ご簾中さまのご尊顔も拝しておくか」

一林斎が冗談とも本気ともつかぬ口調で言ったのは、秋が終わり冬の寒い一日だった。職人姿のイダテンが〝霧生院〟の冠木門をくぐり、療治部屋で一林斎と差し向かいになっていた。

「また心ノ臓がシクシク痛みまして」

言ってから声を落とし、

「小泉忠介どのからの伝言です」

あした午前、ご簾中の安宮照子が芝《しば》の神明宮《しんめいぐう》を参詣するという。別段、なにの祈願とも決まっていないようで、

「気まぐれでは、と藩邸の者は言っているとか」

イダテンの言葉に一林斎はすこし間を置き、

「なるほど。あてつけじゃな」

「はい。さように小泉どのも言って嗤《わら》っていました。で、そのあてつけ、われらの役務と関係がないこともなく、一応、つなぎまでと思い、お知らせしたまでで」

芝の神明宮といえば、別名を芝大神宮ともいい、伊勢大神宮から天照大御神《あまてらすおおみかみ》と豊受大御神《とようけのおおみかみ》を勧進《かんじん》し、徳川家康の江戸入府など目ではないほど古く、平安期に創建された由緒ある大社《おおやしろ》で、祈願には国家安泰でもお家隆盛でもなんでも理由はつく。

気になるのは、その場所だ。江戸で芝といえば徳川将軍家菩提寺の増上寺《ぞうじょうじ》が誰の頭にも浮かぶ。神明宮はその増上寺に隣接しているのだ。神明宮にお参りして増上寺を素通りする。藩主の光貞は徳川一門であり、そこを〝あてつけ〟と一林斎も小泉忠

介も言っているのだ。

ならば、なぜこの時期に？

「源六君、ではない、松平頼方さまを奥御殿に迎えた、光貞公への不快感の表明であろうかのう。そんななかで、源六君の苦労も忍びないことよなあ」

「まったく」

ここまで言えるのは、屋敷外での薬込役ならではのことだ。

「ともかく、一度ご尊顔を」

一林斎は言い、

「そなたはヤクシと潜み警護を。なんとか江戸にいる式神を炙《あぶ》り出してくれ。姿が見えぬとあっては、どうも不気味じゃ」

「心得ました」

「さあ、つぎの人」

台所に入っている冴に代わり、一林斎は板戸の向こうの待合部屋に声を投げた。

その日が来た。朝から低い曇り空で、微風にことさら寒い一日だった。

朝、軽衫に筒袖を着込んで羽織をつけ、薬籠を小脇に出かけようとしたとき、

「雪か」

思ったら、霰《あられ》だった。

「まあ、まあ。こんな寒い日に。向こうさんもご苦労さんなこと」

「向こうさんて。トトさま、誰かにお会いなさるのか?」

部屋に戻って笠を持ってきた冴に、佳奈もついて出てきた。

「あはは。こうも寒い日は、病人も多く出るでのう」

一林斎は冗談まじりに言い、冠木門を出た。

神田須田町から芝まで、一本道だ。神田の大通りを南へ日本橋を渡れば、通りは東海道となる。それをさらに南へ進み、京橋、新橋と渡れば芝で、街道に芝神明宮の門前町の通りが丁字路の枝道をつくるように口を開けている。そこを曲がれば神明宮の鳥居と石段が見える。歩きやすい軽衫で急ぎ足になれば、一刻(およそ二時間)ほどで着く。そのあいだ広い往還の両脇には町家がずっとつづいている。品川宿から小泉忠介に案内されて歩いたのは、この道順だった。日本橋界隈のにぎやかさもさりながら、町場の規模の大きさに冴も佳奈も目を丸くしたものだった。

霰がサラサラと地を這っている。大八車や町駕籠とすれ違っても土ぼこりの立たないのはありがたいが、足袋《たび》をはいていてもつま先がしびれるほど冷たくなる。

（章助め、辛かろうなあ）

思えてくる。

赤坂御門外の上屋敷からなら、外濠沿いの往還を東へ進み、幸橋《さいわいばし》御門の前で南へ折れて愛宕山下《あたごやました》の大名広小路に入ればずっと武家地で、広小路から町場に入ればそこが神明宮の石段下の鳥居の前となる。

距離にすれば神田須田町からの三分の二くらいか。しかし女乗物でお付きの腰元衆もついている。着物でシャナリシャナリと歩き、時間は倍ほどかかるだろう。陸尺《ろくしやく》（駕籠舁き）も挟箱持《はさみばこもち》の中間も紺看板の下は猿股《さるまた》一丁だ。足袋もはかず腿《もも》もむき出しで、霰をまともに受ける。寒いというよりも、全身が凍《い》てつくほどとなるだろう。

「駕籠の中も……大丈夫か」

急ぎ足の歩を進めながら、お供の者もさりながら、一林斎はふとつぶやいた。大名でも将軍でも、駕籠の中に火鉢は持ち込まない。閉め切っているものの、駕籠全体が冷え、中は寒い。ただでさえ血のめぐりが悪くなるのに、長時間せまい中におなじ姿勢で凝《じ》っとしておればどうなるか。

六十を過ぎた光貞など、参勤交代で長途の行列を組んだとき、常に医師がついていて、適宜に駕籠から出て歩くよう勧めるなど気を遣《つか》っているのだ。加納五郎左衛門も似たような歳だが、道中ずっと歩きだからかえって安心だった。

ご簾中の照子もすでに六十を超し、中臈の久女も六十前後だ。川崎宿で式神のハツとマキは、先を急ごうとする久女を懸命に押しとどめた。医術の知識があれば、それは当然のことだった。きょうは照子も久女も一緒で、女乗物二挺で歩みはさらに遅くなるだろう。それに、この天候だ。

(医者はついていようか。ハツとマキが腰元衆のなかにいるとすれば、どれだけの施術の腕を持っていようか)

医者として心配になってきた。

さいわい霰は落ちたり熄《や》んだりで、地面がぬかるむことはなかった。

神明宮の門前町に入った。鳥居は通りの一丁半(およそ百五十米《メートル》)ほど先だ。

女乗物の一行はまだ来ていない。

長い石段を上り、参拝を済ませた。さすがに神明宮で、このような日でも境内に武士や町人、男に女と、参詣人が絶えることはない。境内のすみに出ていた屋台の汁粉《しるこ》屋《や》で、熱いものを胃ノ腑にながしこんだ。温かさを体の芯に感じる。

「組頭」

参詣人に混じって、耳元にささやく職人がいた。イダテンだ。一林斎は汁粉の椀を

口にあてたまま、

「うむ」

「一行は乗物二挺。いま町場に入り、お供の中間に氷室どのがいます。腰元衆にはハツとマキも」

「うむ。それで」

一林斎はまだ椀に口をあてたままだ。

「別働の式神らしき者はついておりません」

「分かった」

椀を口から離した。イダテンはもういなかった。

一行についている式神は、お供のハツとマキだけのようだ。新たな式神の存在を、この行列で確認することはできなかった。

石段を下りた。

女乗物の一行が鳥居の下に着いたところだ。二挺とも四人で担ぐ四枚肩《しまいかた》の駕籠だ。供の武士が往来の者を手で追い払い、乗物をとめる場をつくった。腰元が十人ばかりに、おなじ数ほどの武士と、陸尺をのぞき挟箱持《はさみばこもち》の中間が五人ほど。そのなかに氷室章助がいる。それらを取巻くように見物している往来人や参詣人のなかに、笠をかぶった一林斎がいる。章助は一林斎を認めたが互いに素知らぬふりをし、一林斎は照子が乗物から出てくるのを待った。きょうの目的である。

（敵将の〝ご尊顔〟を拝しておく）

武士や腰元は立ったままだが、中間や陸尺たちは地に片膝をついている。照子と久女が腰元たちに支えられるように石段を上り、参詣をすませて社務所で休憩し、下りて来るまでそのままの姿勢で待たねばならない。腿などは寒さで紫色に腫れ上がり、感覚もなくなってしまうだろう。

ハツが照子の乗物に近づき、声をかけ引き戸を開けた。

「ん？」

なにやら異変が起きたようだ。ハツはあわてるように引き戸を閉め、うしろの乗物へ小走りになった。久女が乗物を出て立ったところだ。ささやいた。周囲の腰元たちにも聞こえたようだ。一様にうろたえ、照子の乗物に駈け寄ろうとする者もいる。

「お静かに」

さすがに上臈だ。あわてる腰元たちを抑《おさ》えた。

打掛《うちかけ》姿の久女が、照子の乗物にゆっくりと近づき、ふたたびハツが開けた引き戸の中をのぞき込んだ。一林斎はそのようすを凝視している。久女はうろたえる所作を見

せなかったが、表情から、

（ご簾中に異変）

　直感した。

「医者は、医者を」

　乗物と乗物のあいだにひとかたまりとなった腰元たちから、声が洩れる。供侍たちは遠ざけられている。

　一群のなかにマキの姿が見えた。一林斎は思い切った。

「マキどの」

　踏み出し、声をかけた。供侍の幾人かが、刀に手をかけないまでも身構えた。

「あっ、あなたは」

「ほれ、川崎宿で」

「あのときの薬師！」

　思わずマキは大きな声になった。供侍たちは安堵したように、もとの立ったままの姿勢に戻った。

　ハツがふり返り、

「あっ。あの御仁！」

小さく吐き、久女になにやらささやいた。

ハツとマキはあの日、一林斎の処方の適確だったことを認めている。一林斎が本陣を出てからも、治癒のしかたも一林斎の言ったとおりに進んだのだ。並みの医者にできることではない。当然それは、久女の耳にも入っていよう。

緊急の場合だ。久女はうなずき、

「そなた。こちらへ」

ハツが手招きした。所作も言いようも横柄なのは、あのときと変わりない。

「私的と思われよ。診立てを」

ハツは言った。〝私的〟とは、

（内密に……）

の意味だ。

一林斎はうなずき、笠を取って中をのぞいた。端座のまま顔に血の気はなく、意識もほとんどなくなっている。あるのは小刻みな息のみだ。その姿勢と顔色から、ただちに証《しょう》を立てた。

長時間狭い場所に端座し、身動きもしなかったなら、体内の気血が停滞し血瘀《けつお》の状態となって意識は朦朧となり、早急に処置をしなければ死に至る。照子は高齢のうえ、しかもきょうの天候だ。一林斎が途中、心配したのはこれだった。幾度かこの症状を診ている。いずれもその場で鍼を打ち、蘇生させた。

顔を上げ、言った。

「血瘀でござるな」

「ケツオ？」

久女が訊いたのへ、

「気血が止まり……」

ハツが低声で口早に説明し、

「そなた、鍼の心得は」

「儂《わし》は薬草よりも本業は鍼でござるよ。あのときは江戸に知る辺《しるべ》がいて訪ねる途中でしてな。そのまま長逗留してしまい、きょうは此処《ここ》へ参詣に来たところじゃ」

「さようか」

また横柄に言うと、ふたたび久女となにやら言葉を交わし、

「そなたの診立てはいかがか」

久女が直接訊《き》いた。

「早う処置せねば。暖かく、横になれるところへ急がれよ」

「できますか、処置を」

「むろん」

「ハツについて参れ」

そのまま久女は供の者たちへ、

「神明宮へはわらわが代参いたす。ご簾中さまにはこの天候ゆえ、しばし青松寺《せいしょうじ》にてお休みいただく。皆の者、用意いたせ」

供の者は二手に分かれ、照子の乗物は動きはじめた。久女の一群はその場に残り、照子の一行はハツとマキが乗物にピタリとつき、青松寺へ向かった。氷室章助は久女のほうについた。かわいそうに、久女と腰元たちが石段を上り、下りてくるまで寒さに震えていなければならない。

青松寺は増上寺の北隣で、この場からなら増上寺を除き、最も近い寺である。一時熄《や》んでいた霰がまた落ちてきた。

一林斎はハツのうしろにつき、一行に随った。乗物はマキに急かされ、速足になっている。それでも駕籠を揺らさないのは、さすが紀州藩徳川家の陸尺たちだ。

(なんとも機転の利くお人よ)

一林斎は歩を進めながら、久女の頭の回転のよさに舌を巻いた。

「――この天候ゆえ……青松寺にて」

久女の声は、周囲の野次馬たちにも聞こえたはずだ。〝この天候〟で石段は湿り、高貴な打掛姿の女が上るのは危険で、お付きの者が代参……思ったことであろう。供侍たちもそう信じたかもしれない。乗物の中は見ていないのだ。

久女の機転の速さに感心した理由はまだある。

神明宮の社務所の奥の部屋に入ったなら、

『あはは。ご簾中さまは神明宮に迷惑をかけに行かれただけか』

供侍の口を通じ、屋敷の藩士たちに広まるかもしれない。

かといって、増上寺の庫裏《くり》を借りようものならそれこそ、

『見たかい。増上寺をさしおいて神明宮へ？　結句は増上寺の世話になってござる』

ということになろう。

それらを防ぐには、

「――青松寺にて」

が、最も適切だったのだ。

しかも、屋敷に急使を走らせ侍医を呼び寄せたりすれば、時間もかかるうえ、それこそ藩邸をあげての大騒ぎになるだろう。それに、間に合わなかったなら……。

（この際、町医者でも）

そこに現われたのが、素性は知れないがかつて久女自身が世話になり、ハツとマキが腕のよさを認めている一林斎だったのだ。久女にすれば六郷の渡しではないが、それこそ渡りに船だった。

「お願いしますぞ。代価はいかようにも」

着物の裾をじれったそうに歩を速めるハツに、

「ともかく、やってみましょう」

一林斎は返した。照子の症状から、自信はあった。

五

青松寺の庫裏《くり》の一室に蒲団が敷かれ、打掛をはずし、帯をゆるめた照子が横たわっている。部屋にいるのは、ハツとマキと一林斎のみだ。さきほど一林斎は手を冷水で清め、温水で神経の感覚を戻した。

「川崎宿でのやんごとなきお方とは、この方でござったか」

「余計なことは訊かず、早う処置を」

わざと訊いた一林斎に、ハツが叱責するように急かした。

「心得た。さあ、ハツどのにマキどの。このお方の襦袢《じゅばん》も腰巻も。それがしは医者でござるぞ」

「ううっ」

二人は戸惑いながらも一林斎の言に従った。軽い場合なら、気血の通り道で体中をめぐっている経絡《けいらく》の反応点となる経穴《つぼ》に灸を据えれば、血のめぐりは回復するが、急を要する場合は鍼を打って刺激を与え、流れをうながす以外にない。いまはそれが必要となっている。

そのことを、ハツもマキも解している。もし、つき添いの腰元がこの二人でなかったなら、襦袢や腰巻などに触れれば、

『無礼者！』

と拒否され、血瘀への施術はできなかっただろう。

（この者たちがいてくれてよかったわい）

内心、一林斎は思う以外に、胸中にはさきほどの決意が固まりつつあった。神明宮の鳥居の下で意を決しマキに声をかけたとき、心のすみにそれが芽生えていた。

戦国以来の、霧生院家秘伝の鍼技《はりわざ》である。

霧生院家が甲賀の里にあったとき、それは秘かに受け継がれて他に洩れることはなかった。いまなお一林斎以外にその存在を知る者は、藩主の光貞、城代家老の加納五郎左衛門、薬込役大番頭の児島竜大夫、それに冴の四人だけである。〝埋《うず》め鍼《ばり》〟といった。

光貞か五郎左衛門、さらに必要に応じて竜大夫から、

「埋《うず》めよ」

下知があれば、歳月をかけて標的に腕のよい鍼師として近づき、通常の鍼療治を装《よそお》って埋め鍼を打つ。その場では死なない。持病や弱った箇所があれば、むしろ鍼によって癒《いや》される。しかし一月《ひとつき》後か半年を経て、あるいは一年後か、その者は前触れもなく瞬時の発作とともに息絶える。いかなる医師も、その原因は究明できない。

これまで一林斎は、竜大夫の下知で幾度かその施術をしたことがある。竜大夫の下知であっても、命じたのは光貞であり、薬込役に伝えたのは五郎左衛門ということになる。失敗はなかった。いずれも、藩の安泰のためだった。

いつだったか、藩の重役と廻船問屋のあるじに埋めたことがある。長崎で抜け荷を扱い私腹を肥やしていたことを、柳営（幕府）が探索しはじめたのを江戸藩邸が察知し、一林斎に下知があったのだ。証拠は消え、藩が糾弾されることはなかった。

一林斎が和歌山城下で江戸潜みをよろこんだのは、堂々と鍼師の看板を掲げ、鍼を常に使い、合わせて秘伝の技が錆《さ》びつかないよう保てるからだった。

いま、ご簾中の太った身が目の前に横たわっている。

気血をうながし、正常に戻すことは……大丈夫、間に合う。

足から腰、首、肩、背とそれぞれの経穴《つぼ》に鍼を打っていく。ハツとマキが、その手さばきを喰い入るように凝視している。いかに二人が見守っていようと、埋め鍼を見抜かれることはない。

鍼は太さと長さで番号がついている。一林斎は特番の鍼を手に取っている。それは一林斎にしか持ち得ず、また使い得ない、目を近づけ凝らして見つめないと先端が見えぬほど極細の鍼で、触れれば折れるほど鋭利に研《と》がれている。その研ぎ方は一林斎にしかできず、冴もその技には達していない。

その極細の鍼を打ってから体内で先端を折る。むろん、研ぎ方も刺してから折る微妙な指の感触も秘伝である。器用な鍼師がいても、真似のできるものではない。

埋め込まれた幾本かの鍼の先端が、筋肉のあいだを毎日ほんのわずかずつ移動し、心ノ臓に向かう。一月後か半年後か、最初の一本が命中することもあれば、すぐ近くをかすめ、ふたたび体内をめぐるかもしれない。二本目、三本目がある。いずれかが心ノ臓の鼓動に呼び寄せられてその皮に刺さり、つぎの鼓動で皮を破り中に入る。そのときに突然の発作を起こし、心ノ臓は動きをとめ、身は崩れ落ちる。いつ心ノ臓に達し命中するか……その者の日常の動きと体力の差が決め、打った者にそれへの調整はできない。だからまた、証拠もまったく残らない。

もちろん、特番の鍼は通常の療治にも使える。経穴の中心を微妙に刺激し、他の鍼にくらべ即応の効果は高い。

その特番の鍼がいま、一林斎の親指と人差し指のあいだに挟まれている。指先で気血のめぐる経絡から経穴を探り、患者のようすを診ながら打つ。一カ所に数本、あるいは間隔をおいてまた数本……。一林斎の額から大粒の汗が吹き出ているのは、部屋に炭火の煌々とした火鉢が三つも持ち込まれているからではない。ハツもマキも額に一滴も滲ませていない。一林斎は一心不乱に全身の均衡を取り、神経を指先に集中している。そうした施術のとき、心身ともに没我の状態となる。雑念はない。冴がそばにいたなら、手拭で幾度も無我の一林斎の額をぬぐっていることだろう。

「ふーっ」

一段落を終え、一林斎は大きく息をついた。照子はまだ意識が朦朧としているものの、息遣いは正常に戻り、顔色と肌のようすから血流を回復し、気血のめぐりはじめたことはハツとマキにも分かる。施術は成功だった。

（ん？）

一林斎はハッとした思いで、自分の手を見た。特番の鍼がそこにある。折れていない。没我のなかに、施術の手が動いていたのだ。眼前に横たわる老いた身は、不意に病魔に見舞われた患者である。与太の留左や鍛冶町の裏長屋の母子と、そこに変わりはない。これまで一林斎は、和歌山城下でも遠国潜みの地でも、数え切れないほど没我のなかに鍼を打ち、薬湯を飲ませ、墜《お》ちたかもしれない命を拾い上げてきた。それは畦道《あぜみち》に倒れたお百姓だったことも、路傍に行き倒れたお遍路だったときもある。青松寺の奥の一室に入ったとき、霰の落ちるなかに血瘀をまねいた老女がいた。どの時点からか、一林斎にも分からない。その身は留左や裏長屋の母子、畦道の百姓、路傍の遍路と変わりはなくなっていた。そこに、鍼を埋めることはできなかった。

だがいまは、自我を取り戻している。

蘇生した患者を見て、ふたたび心中にながれるものがあった。

（いまならまだ間に合う）

埋め鍼だ。蘇生した患者に、また打つ……。

「お見事。敬服いたしますぞ」

「あとはわれらが」

不意に聞こえた声はハツとマキだった。二人とも一膝前へにじり出た。

「ふむ。あとはそなたらがついておれば大丈夫じゃな。間もなく意識も戻ろうゆえ、薬湯は……」

「肉桂《にっけい》か薄荷《はっか》でありましょう。甘茶で煎じ……」

「この寺なら、すぐ用意できましょう」

二人は言いながら、やはり女同士か搔巻をそっと照子の身にかぶせた。意識を取り戻したとき、羞恥《しゅうち》を起こさせぬためだ。

ハツとマキのいった薬湯は、一林斎がこのあとの処置として考えていたものである。肉桂か薄荷なら、大きな寺には用意があろう。

「それでは、あとはよろしゅうに」

埋め鍼を打つ間合いはすでになくなっている。一林斎は特番の鍼を、硬い革を二つ折りにした鍼収《はりおさ》めに戻し、薬籠に収めた。

ハツが寺僧を呼んで薬湯の用意を頼み、マキが別室で、

「川崎では迂闊《うかつ》ながら、そなたの名を訊いておりませなんだ」

間合いをはずされたうえ、一林斎は困惑した。ここまで関わり、

『名乗るほどの者ではござらぬ』

では、マキもハツも承知しまい。寺僧との打ち合わせを終えたハツも、そこに加わった。

名を隠せば二人は奇異に思い、帰る一林斎のあとを尾けることになろう。それを撒けば、さらに疑念を呼ぶだろう。一林斎の風貌から、江戸中を医者の評判に探索をしぼれば、数日で神田須田町の〝霧生院〟に行きつくだろう。須田町界隈で〝霧生院〟の名は、留左と大盛屋をつうじ、すでに知れわたっているのだ。

「それがし、江戸で開業したばかりでのう」

場所も〝霧生院〟の名も明かした。たとえ久女でも、その名から薬込役を連想することはあるまい。和歌山城下でその名は、なかったことになっているのだ。

「いずれお礼はいたしまするゆえ」

ハツが言えば、マキは警護の武士に頼んで町駕籠を青松寺の門前に呼び、

「神田須田町まで、粗相《そそう》のないように」

駕籠舁き人足に酒手をはずんでいた。ハツもマキも一林斎の技に敬意を示し山門まで見送りに出たものの、〝やんごとなき〟患者が紀州藩徳川家のご簾中さまであることは、最後まで言わなかった。一林斎も敢えて訊こうとしなかったことに、二人は好

感を持ったようだ。

山門前で町駕籠に乗るとき、前方の角にヤクシの職人姿がチラと見えた。きっと首をかしげていることだろう。

駕籠が走りだし、その角がにわかに慌しくなったのを感じた。警護の武士団の姿が見えた。代参を終えた久女の女乗物の一行が戻ってきたのだ。ヤクシはもういなくなっていた。

「へいっほ、へいっほ」

冷たさを吹き飛ばすための景気づけであろうか、駕籠舁きのかけ声が普段より大きい。霰はまだ降りつづいている。乗っている者にも、大きく揺れるほうが寒さを紛らわせてくれる。だが揺られながら、

(こう、なって、しもうた)

珍しく、一林斎は萎《しお》れていた。

「わっ、カカさま。トトさまがお駕籠でお戻りじゃ」

佳奈が玄関から飛び出てきた。

(護るぞ、おまえを)

その小さな姿に込み上げてきた。いましがた、照子の命を逆に救ってきたのだ。

このような天候だ。午《ひる》をかなりまわった時分だったが、待合部屋にも療治部屋にも患者はいなかった。

「佳奈。鍼山の練習、もっとつづけなさい」

「はーい」

屋内から聞こえた冴の声に、佳奈は不満そうに返した。

居間で羽織を脱ぎ、湿った軽衫や筒袖を着替えながら、

「実はなあ……」

一林斎は首尾を話した。新しい筒袖を肩にかけようとしていた冴の手が一瞬とまった。だが、すぐに、

「おまえさまらしい」

ふたたび手を動かし、

「ご簾中さまのお命頂戴……下知は出ておりませぬ。鍼を埋めていたなら、そのほうこそ命に背《そむ》くことになりましょう」

「そういうことになるなあ」

着替えを終わった。

「あしたかあさって、小泉忠介がまた来ようかなあ」

「おそらく。でもおまえさまは薬込役の本分を守り、医者の仁義を通されたのです」

しかし二人の声には、

（残念）

思いはながれていた。

六

来た。

午《ひる》をいくらかまわった時分だった。霰こそ落ちてこないが、きのうと同様、曇り空で寒い一日だった。

二本差しの小泉忠介と職人姿のヤクシだ。待合部屋に年寄りが一人しかいなかったので、二人は向かいの大盛屋で体の芯に暖を取りながら待った。二人で二合徳利をかたむけている。中間姿と違って、職人姿なら武士と同席しても奇異ではない。

徳利が空になったころ、〝霧生院〟の療治部屋も待合部屋も空になった。

待合部屋は、いまは空でもいつ近所の隠居が寒さで日ごろの腰痛をこじらせて家人

につき添われ、

『先生！　一鍼、打ってくだせえ』

駈け込んでくるかもしれない。

居間のほうに三人は三つ鼎《みつがなえ》に座り、お茶を運んできた冴もそのまま一林斎の横に腰を据えた。小泉忠介もヤクシも、冴が大番頭の児島竜大夫の娘であることは知っているが、式神の毒手裏剣に殺された由利の顔までは知らない。知っておれば、佳奈の顔を見て、ハッとするかもしれない。六歳ともなれば、美貌であった由利の面影を、そろそろあらわしはじめている。さっき冴がお茶を運んで出てきたとき、佳奈も一緒についてきたが、

「奥で鍼山の練習をしていなさい」

言われ、しぶしぶ居間へ戻った。

「かわいいお子じゃのう」

言っただけだった。

それよりも、

「聞きましたぞ、組頭。なんとも大胆なことをなさいましたなあ」

「あっしも、陰から見ていて驚きやした。いったい、どうなっているのだと」

忠介にヤクシがつづけた。ヤクシは職人姿のときは、それにふさわしい言葉遣いになろうとしている。むろん、イダテンも同様だ。薬込役同士において、それは上士、下士の礼を失することにはならない。半纏《はんてん》を三尺帯で決めた職人姿で武家言葉など使えば、逆に叱責されるところとなる。

「なりゆきから、ああなってしもうた」

一林斎はきのうの青松寺でのようすを話した。山門を入るまでのようすは、きのうのうちに氷室章助をつうじ、小泉忠介も共有している。だからきょうの訪《おとな》いとなったのだ。庫裏のようすも、きょうのうちにイダテンも章助も共有することになるだろう。

「えぇっ、さようなことまで」

「そういえばハツもマキも、かなり焦ったようすでご簾中さまの乗物についておったように見えました」

小泉忠介は驚き、見ていたイダテンは合点がいった表情になった。

「で、これからのことじゃが」

一林斎は切り出した。忠介たちは、その話できょう来たのだ。

「ハツさんにマキさんとやら、きっと此処《ここ》へお出《い》でになりましょうねえ」

「さよう。相応の謝礼というか、大枚の口止め料を持って。それに、向後もよしなにと一言あるやもしれませぬぞ」

だからどうする……それがきょうの話なのだ。

「謝礼なあ、もらっておこう」

一林斎は言った。

ハツとマキが来て口止めだけでなく〝向後もよしなに〟などと言えば、それは照子や久女と相談した結果であり、その意を汲んでのことであるはずだ。

――それを受ける
一林斎は言っているのだ。

さらにこの件を、

「忠介さんよ、これは光貞公の耳にも入れておいてくれ。大番頭さまには、いまここで儂《わし》が文《ふみ》を書く。それをイダテンに和歌山まで」

「心得ました」

ヤクシは返し、冴が筆と硯《すずり》を用意した。

一林斎は書きはじめた。文字は、この場にいる者なら全員読めるが、余人には読めない薬込役独特の符号文字だ。

二人は帰った。

療治部屋で、

「おまえさま。大変なことになりましたなあ」

「ああ」

一林斎はうなずいた。潜みどころではない。存在を最も知られてはならない対手と面識を持ち、信頼もされながら潜みのままでいる……至難の業だ。

「きょうにも来ましょうか」

「遅くともあしたには」

「カカさま。鍼山の布、破れて糠《ぬか》が出てきました」

居間から佳奈の声が聞こえた。鍼山に飽きて、自分で破ったのかもしれない。

その佳奈が、

「わっ。お姫さま！　二人も！」

冠木門のところで声を上げたのは、翌日午《ひる》過ぎだった。数日つづいた曇り空が、朝からカラリと晴れた日になっている。

駕籠には乗らず、赤坂御門から徒歩で来た。腰元の着物姿といえ、式神なら速歩を心得ていよう。駕籠などかえってまだるっこく、それに江戸城の西と東なら腰元姿で外濠城内を抜ければ、半刻（およそ一時間）余りで来ることができる。

「これ、そこのお子。名医の霧生院とはここですか。看板が小さいようですが」

「わっ、名医？　はい。お姉さまがたも、どこかお悪いのですか」

「まあ。可愛いだけでなく、頭もよさそうなお子じゃ」

佳奈が冠木門の下で、武家の腰元と一見して分かる二人と話しているのを見て冴は驚き、

「ささ、中へ」

走り出て玄関にいざなった。当然、この二人がハツとマキであることは一目で分かった。口止めなら即座に動かねばならないところ、中一日を置いたのは久女がハツとマキから青松寺でのようすを詳しく聞き、照子も交えて結論を出すのに時間を要したのであろう。

「おととい、主人から聞きました。そのお屋敷のお方では」

と、通したのは居間のほうだった。

一林斎は療治中で、すぐには手を離せない。ついてきた佳奈を奥へやり、

「して、主人は申しておりませなんだが、いずれのご家中のお方でしょうか」

「それはのちほど」

ハツの短く言った言葉から、冴は二人の訪いが単なる〝お礼〟だけでないことを感じ取った。

「おもての木札に〝鍼灸　産婆　霧生院〟とありましたが、そなたがお産婆をしなさるのですか」

「はい、もう幾人も取り上げました。新たな生命を取り上げる、嬉しいことでございます。ですが、哀れ死産もあれば……そのようなときには母体をいたわるのに心身ともに一苦労となります」

(逆に死せる母体から生きて取り上げたことも……)

由利に毒手裏剣を打ち込んだのは、この者たちの仲間だ。皮肉を浴びせたいのを冴は堪《こら》えた。

「それはまたご苦労なこと。したが、おもてに看板もなく、小さな木札だけというのは？」

「町場の医者は看板よりも、住人らの口から口へ。これが繁盛の基《もとい》となります」

「それは殊勝な」

言っているところへ、冴の言葉を証明するような騒ぎが、おもての療治部屋から聞こえてきた。

「なんでえ、なんでえ。お喜びなさろうと思って持って来たのによう。それを頭から怒鳴りつけるたあ、あんまりだぜ！」

留左の声のようだ。

奥の居間では、

「あれは？」

「なんでしょう。町内の若い者のようですが。ちょっと見てきます」

微妙な来客の最中だ。冴は療治部屋に急いだ。

やはり留左だった。療治部屋には、艾《もぐさ》を背中に置いて火をつけたばかりの爺さんがうつ伏せになっている。その横で留左が大声を上げているのだ。

「おっ、ご新造さん！　ここの旦那ったら、まったく分からず屋で困るぜ。聞いてくだせえよ」

一林斎が怒ってクシャクシャにまるめ、畳に投げ捨てた紙片を留左は拾い、立ち上がった。

「これでさあ。見てくだせえよ、ご新造さん！」

渡されたその紙片を広げ、事情はすぐに分かった。

かわら版の元書きだった。

かわら版などというのは、商舗《みせ》を構えて商《あきな》うものではない。なにか珍しいことがあれば、暇な与太が数人集まって鼠《ねずみ》半紙一枚分ほどの文面を考え、文面を木版の彫《ほり》師《し》に彫らせ、摺《すり》師《し》に持ち込んで百枚、二百枚と摺り、それを四、五人で三味線をかき鳴らし太鼓を打ち、口調のあざやかな語り役が、

「奇《き》妙《みよう》頂《ちよう》礼《らい》ちょいちょい」

と、抑揚をつけてさわりの部分を読み上げ、あとの一人がかわら版の束を抱えてつづき、往来人に売りさばくのだ。いくらかは稼げる。留左などはさしずめ、語り役といったところだろう。

なかには江戸湾に大ダコが現われて船をひっくり返したとか、筑波山《つくばさん》のふもとでガマとタヌキの大群が合戦を演じたとか、他愛のないものもある。こうした類《たぐい》なら一枚四文くらいで、長屋の子供の一日の小遣い程度だ。町の者はそれを買い、髪結床《かみゆいどこ》や湯屋で話して自分が話題の中心になって悦に入る。それが四文、五文とあっては安いものだ。でたらめじゃないかなどと、読売りに文句をつけるのなど野暮というものだ。売り終われば与太たちは解散し、またなにか思いつけばふたたび集まって新たな文面を考える。

留左は〝霧生院の一林斎先生〟を種《たね》に、それをやろうとしていた。すでに遊び人仲

間を三人ほど集め、彫師にも摺師にもわたりをつけているという。

その文面を、

「――へへ、先生」

と、持ってきたのだ。

――お江戸の人情名医、庶民の味方
鍛冶町の貧乏母子が乗物医者から門前払いにされたのを救い、食あたりで死にかけた男をあわやというところで助け……自分のことだ。

――金持ちからは薬料を取るが、貧乏人には縫い物や庭の草引きに代え
などと書いている。嘘はない。本当のことだ。この文面がかわら版として神田から日本橋界隈に出まわれば、商家が自分の店の前や近辺に宣伝として配る引札《ひきふだ》と違い、効果は大きい。〝霧生院〟の名は一躍、名医よ人情医者よとかなりの範囲に広まり、遠いところからも患者が来ることになるだろう。

「だからよう、あっしは先生に恩返しがしたくって仲間を集めたんだぜ。文面も俺が考えてよう」

「まだ言っておるか。ならんぞ留左！」

「ご新造さん！　このカチカチ頭になんか言ってやっておくんなせえよ」

「そうですよう、留さん。こんなこと、してもらわなくっていいのです」

人海のなかに身を置く……それが潜みなのだ。評判をよくしても、目立ってはならない。

「おぉぉ、留よ。そうだぜ。ここが有名になって病人が大勢来てみねえ。わしら、ゆっくり診てもらえなくならあ」

うつ伏せて背中に幾本もの煙を上げていた町内の爺さんが首だけ上げ、

「アチチ。先生！」

「おぉ、そこを辛抱だ。がまん、がまん」

「うううっ、熱い！」

「どうだ、体の芯まで刺されるようだろう」

「そ、そのとおりで。うううっ」

「てやんでえ、人の気持ちも知らねえで」

なおも留左は一人で息巻いている。

ハツとマキは隣の待合部屋に出てきていた。一林斎の身辺を、できるだけ詳しく知りたいのだ。

「ケッ。爺《じじ》イまで勝手なことばかり言いやがってよ」

「うるさいぞ、留左。いま療治中だ」

まだ毒づく留左を一林斎が叱りつけている。

待合部屋には町内の婆さんが二人、順番を待っていた。新たに入ってきた武家の腰元風を奇異の目で見上げたが、すぐに療治部屋のやりとりのほうへ聞き耳を立て、

「そうだよねえ。ここ、患者が増えたらわしらが困るよ」

「そうそう。この町の先生だからねえ」

「此処《ここ》の先生、そんなに評判がいいのですか」

「そりゃあそうさね。冴さんの産婆の腕も大したものだし」

「そうですよ。一林斎さまと冴さんは、この町のお医者さまと産婆さんさね」

立ったままハツが訊いたのへ、婆さん二人は座った姿勢で足と腰をさすりながら自慢げに応えた。

療治部屋を追い出された留左が、勢いよく仕切りの板戸を開け、

「おっ、どこのお女中さんだい」

武家の腰元が二人も立っているのに一瞬とまどった。

「これ、町の人。かわら版とか」

「さ、さようで」

「見せてくだされ」

ハツが声をかけ、マキが素早く留左の手から紙片を取った。

「へん。欲しけりゃあげまさあ、そんなもの。あっしにゃあもう無用で」

留左は板戸を開けたまま、部屋からふてくされて出ていった。

「おぉう、そなたら。そこでお待ちだったか。いや、恥ずかしいところをお見せしてしもうた」

一林斎は言いながらつぎの療治を冴と代わり、奥の居間で二人と対座した。

「そなた、言ったとおりのところにおいでで、安心しました」

ハツは言い、

「先日の血瘀《けつお》の診立てと鍼療治、お見事でした」

相変わらず高い目線からの言いようで、

「われら、紀州藩徳川家の侍女にて……」

おとといの〝やんごとなき〟お方が紀州藩のご簾中であることも明かし、

「些少なれど、これを」

マキが出した袱紗《ふくさ》包みには五十両も入っていた。町場なら、腕のいい家族持ちの大工の四年分ほどの稼ぎに相当する額だ。

マキが言った。

「われら屋敷の奥では、またそなたに頼むこともあろうかと思い、こうしてまかり越した次第」

「うっ」

一林斎がうめいたのは、故意であった。大名家のお目見え医者への道が、そこにある。乗物医者どころではない。聞いて淡々としておれば、かえって不自然だ。

「そなたにその気があれば、赤坂の屋敷にわれらを訪ねてきてくだされ」

「いや。儂はこの町の医者なれば」

「それはきょう来てよう分かりました」

「待っておりますぞ」

二人は交互に言い、腰を上げた。屋敷から町医者に頼むようなことはしない。

(喰いついてくるはず)

自信があるのは、紀州藩でなくとももっともなことである。町医者として、これほどの出世はないのだ。

外に出たハツとマキは言っていた。

「まっこと、町医者であることに偽《いつわ》りはございませなんだなあ」

「それもなかなかの。このかわら版の文言《もんごん》、お上臈さまにお見せすれば、ますます得心されましょう」

夕刻、一林斎と冴も話し合っていた。

「おまえさま。ほんに面倒なことになりましたなあ」

「よりによって紀州藩邸の奥御殿から、お目見えの声がかかろうとは。われながら自分自身に呆《あき》れるわ」

「でも、安心しました。ハツどのとマキどの、佳奈になんら感じるものはなかったようで」

「なれど、これからは分からぬぞ」

胸を撫で下ろす冴に、一林斎は言った。

そのあと、容易には動かなかった。焦《じ》らす構えを取ったのだ。

藩邸では、

「なにしろ町場に根を下ろした医者なれば、望んでもそう簡単には動けないのでございましょう」

ハツとマキは久女に、留左のかわら版だけでなく、待合部屋にいた老婆二人の言葉も引き合いに出し、話していた。留左はまったくケガの功名だった。そこに望みを託すしかない。考えてみれば、屋敷には断じて行けない。行けば埋め鍼の機会にも恵まれようが、源六と顔を合わせることにもなろう。よろこび、表情を変えるだろう。敵将を討ち取る前にハツとマキが源六の変化に気づき、一林斎の秘めた背景に目を向けるきっかけとなるのは必定……。

イダテンが〝霧生院〟の冠木門に走り込んだのは、ハツとマキが訪いを入れてから十日ほどを経てからだった。

待っていた。竜大夫からの返事である。

短い文面だった。符号で書かれている。

——失策なり。向後機会あらば、埋めよ。躊躇《ちゅうちょ》する勿《なか》れ

照子に対し、埋め鍼を……である。

「この叱責と下知、城代家老さまから……」

「そういうことになるなあ」

「おまえさま」

「…………」

〝霧生院〟の居間に、しばし沈黙がながれた。まさか加納五郎左衛門と児島竜大夫が、一林斎のお目見えの話を予測したわけではあるまい。

四　源六《げんろく》脱走

一

　イダテンが神田須田町の冠木門に駈け込んだ翌日だった。

　日本橋北詰からいくらか枝道に入った割烹《かっぽう》の一室に、腰物奉行の小泉忠介、中間《ちゅうげん》の氷室章助、赤坂の町場に潜《ひそ》むヤクシ、紀州から戻ったばかりのイダテンが談合の場を持ち、そこに茶筅髷《ちゃせんまげ》の一林斎の姿があった。冴も来ておれば、江戸に潜む薬込役《やくごめやく》の総勢がそろったことになるが、須田町に佳奈を一人で残しておくことはできない。

　氷室章助はこの日、紺看板に梵天帯の中間姿ではなく、町場のお店者《たなもの》風体だった。中間姿で、羽織・袴に二本差しの忠介とおなじ部屋に座を取ったのでは、仲居の目を引くことになる。それでなくても、一見まとまりのない風体の集まりなのだ。

「光貞公におかれては、源六君に松平頼方《よりかた》の名を賜《たまわ》ったものの、やはり奥御殿での日々を案じておいでじゃ」

「その所為《せい》でもございましょう。頼方さまの源六君は、ことさら武術にも学問にも励んでおられるようです。奥庭から、よく気合いの声が聞こえてきますよ」

忠介が言えば章助がつづける。

この場にもし冴がいたなら、

『おいたわしや』

つぶやき、目頭を押さえたことであろう。

照子が神明宮参詣に出かける数日前だった。出羽米沢《でわよねざわ》藩上杉家十五万石に嫁いだ為《えい》姫《ひめ》が、照子のご機嫌伺いに子の吉憲《よしのり》と義周《よしちか》を連れて赤坂御門外の上屋敷に帰ってきたことがある。照子に孫の顔を見せるための里帰りだ。三日ほど泊まっていった。紀州藩徳川家の奥御殿は、それこそ賑《にぎ》やかなものになった。為姫は照子の腹になる直系の娘であり、孫の吉憲と義周は外孫でさらに可愛いであろう。

為姫の夫である上杉家当代の綱憲《つなのり》は、高家筆頭の吉良上野介《きらこうずけのすけ》の実子で、吉良家奥方の富子《とみこ》が上杉家の出であることから上杉家の養子となり、上杉家藩主として紀州藩徳川家から為姫を迎え、吉憲と義周が生まれた、華麗なる血族である。

その血筋のなかに長子の吉憲は上杉家の嫡子であり、次男の義周は、吉良家が綱憲を上杉家の養嗣子《ようしし》に出したあと子に恵まれず、こんどは逆に上杉家から吉良家へ養嗣子として入っていた。つまり吉良上野介は、実の孫の義周を養嗣子に迎えたことになる。照子が鼻高々に、

「――上杉家と吉良家との絆《きずな》が、ますます強うなった」

と、ご満悦になるのはこのことだった。

為姫も母の照子のそうした心情を知っているため、この日はわざわざ吉良家から義周を呼び寄せ、赤坂御門外の紀州藩徳川家の上屋敷にともなったのだった。

しかも上杉吉憲は源六と同い年の八歳で、弟の吉良義周はこれまた佳奈と同い年の六歳だった。奥御殿では当然、朝餉、昼餉、夕餉には紀州藩徳川家の若君、姫君たちが同席し、山海の珍味が盛られ、菓子もふんだんに出された。

そうした華やかな場から、阻害された子が一人いた。松平頼方こと源六である。歳を思えば、頼方の源六こそ、吉憲や義周の一番の遊び相手となるはずだ。しかし源六は、一人隅に追いやられ会うこともなかった。

冴でなくとも、

（なんともいたわしい）

腹が立つほどに思えてくるのは、いま日本橋近くの割烹の一室で秘かに額を寄せ合っている薬込役一同も、まったくおなじであった。

小泉忠介によれば、

「——もちろん光貞公はご簾中《れんちゅう》さまを詰《なじ》られた」

そのとき照子は言ったそうな。

「——あのような者、血筋が穢《けが》れまする」

光貞は怒った。

照子が太った身で寒さに抗し、増上寺に隣接する神明宮への参詣を思い立ったのは、このあとすぐのことだったのだ。まさしく光貞へのあてつけだった。

きょうの江戸薬込役衆の鳩首《きゅうしゅ》はそれらを悲憤慷慨《ひふんこうがい》し、苦酒《にがざけ》を呑んで鬱憤《うっぷん》を晴らすのが目的ではない。

「失策なり……と、大番頭《おおばんがしら》さまは言っておいでじゃった」

一林斎はイダテンのもたらした文《ふみ》の内容を話した。一同はうなずいた。

だが、一林斎と小泉忠介たちとでは、〝失策〟のとらえ方が異なる。

一林斎は、

（埋《うず》め鍼《ばり》を、照子に打つ機会をみすみす見逃した）

ことであり、忠介たちにとっては、

(組頭の一林斎が〝敵将〟の照子に近づく危険を背負い込んだ)

ことに対してである。

国おもての加納五郎左衛門や児島竜大夫は、両方を指摘しているのかもしれない。

その思いは、一林斎にもある。自分が奥御殿のお目見え医者になる。

(まさしく危険)

ではないか。奥御殿の腰元で由利の顔を知る者がいるかもしれない。それが遣《つか》いで〝霧生院〟に来て佳奈を見たなら……。ハツとマキは式神ながら国おもてで奉公したことはなく、たまたま由利の名は知っていても顔を知らなかっただけではないか。

忠介たちも、その危険は感じていよう。ただ、薬込役として口に出さないだけのことである。だが、対処となれば話は別だ。そのためにきょう、江戸潜みの五人が集まったのだ。

「せっかくのお目見えの話を、組頭のほうから断わるのは不自然で、ちとまずいでしょう。それがしにお任せくださいませんか」

小泉忠介が声を低めて言った。

「なにかいい方法でもあるのか?　ごく自然にながしてしまう方途が」

「ございます」

「ほう」

「藩邸には、お目見え医者が本道（内科）に金瘡《きんそう》（外科）を合わせ、五、六人おります。それらすべて、それがしは知っております。そこから……」

「おぉ、それはいい。さっそく働きかけてくれ」

一林斎は乗った。忠介は藩邸でいつも光貞のそば近くにいる。当然、お目見え医者たちとも顔馴染みになっている。

『奥御殿が、得体の知れない場末の鍼師《はりし》をお目見えにしようとしていますぞ』

そっと耳打ちをする。お目見え医者たちのなかにも競争はある。当然、新たに人が加わるのを嫌い、このことになれば団結する。しかも本道や金瘡の看板を張っている者は、町の鍼医を同業と認めようとしない。鍼や灸で腰痛や胃痛が回復し、下痢がとまり便秘が治ったとしても、

――一時のまやかし
などと公言してはばからない。

――その鍼医が、奥御殿のお目見えになろうとしている
とんでもない話だ。

話はそれだけではなかった。忠介は表情をゆるめ、つづけた。

「憐《あわれ》み粉《こ》を江戸でも調合できぬかと、光貞公がそれがしにそっと話されました。お目見え医者たちには内緒で、藩の極秘として」

これまで国おもての薬込役組屋敷で調合したものを、紀州と江戸を往来する廻船で運んでいた。だから量に限りがあり、ときおり藩邸で品切れになることがあった。

「あはは。きっかけは奥御殿の腰元でしたよ」

氷室章助が愉快そうに言った。久女の遣いで外へ出た腰元が野良犬に襲われ、大ケガをしたのだ。奥御殿の憐み粉がこのとき、底をついていたらしい。

「ハツとマキではありません」

章助は言う。あの二人なら、そのようなヘマなどしないだろうとは、ここに鳩首する誰もが思うところだ。座になごやかな笑いが洩れた。

紀州藩では藩の最高機密として、行列や重役が外へ出るとき、訓練を積んだ動作の機敏な者がかならず憐み粉をふところにして随い、奥御殿もそれは同様だった。照子はこと憐み粉に関しては光貞と秘密を共有し、それがまた厳然と守られている。

「――殿、憐み粉を江戸藩邸のいずれかで大量に調合できませぬか」

照子が光貞に話し、

「光貞公から下知があり、千駄ケ谷《せんだがや》の下屋敷にて調合することになりまして」

「それであっしがそのための役付中間となり、下屋敷に入ることになりました」

武士姿の小泉忠介が言ったのへ、職人姿のヤクシがつないだ。

一林斎はうなずいた。和歌山城下にあったころ、一林斎の手ほどきを受け組屋敷で調合していたのはヤクシなのだ。いまは他の者が受け継いでいる。造作は簡単でも、犬を確実に引き寄せ、くしゃみを連発させて闘志を失わせるには、干魚の粉と唐辛子の割合に独特のものがあり、誰にでも効果的なものが調合できるわけではない。

一林斎はすでに須田町の〝霧生院〟で自家用の憐み粉を調合し、須田町界隈でお菓子を持った子供や魚屋を救ったことが幾度かある。藩の極秘といっても、考案者の一林斎が調合する分には誰も文句は言わない。藩で調合するよりも効果のあるものをつくり、かつ人に怪しまれるような使い方はしない。

一林斎が大きくうなずいたのは、それによって江戸での薬込役の配置がほぼ理想的なものになったからだった。光貞のそば近くには腰物奉行の小泉忠介がおり、奥御殿とおもてとを結ぶ役にはつなぎ中間に氷室章助、さらに千駄ケ谷の下屋敷に憐み粉の調合役の中間としてヤクシが入れば、薬込役同士で常につなぎが取れることになる。

火急な用件があれば、赤坂の町場に職人姿で潜むイダテンが須田町に走り、場合によっては紀州までも走ることになろうか。すでに一度、走っているのだ。

話が一段落したところで、氷室章助がぽつりと言った。

「庭でねえ、散歩しておいでの源六、いや、頼方さまを見ていると、遠くからでも分かるのですよ。凝《じ》っと耐えておいでなのが。まだ八歳の小さな身で」

「したが、奥御殿においでの分には、命を狙われることはない。光貞公は、そう判断されたゆえ……。組頭はいかようにお思いか」

小泉忠介があとをつなぎ、視線を一林斎に向けた。章助にヤクシ、イダテンの視線もそれにつづいた。

「われらの務むるべきは、屋敷外において〝敵〟が仕掛ける刃《やいば》をいかに防ぐかじゃ」

座に沈黙がながれた。源六こと頼方が外に出る……最も危険なのは源六が奥御殿での暮らしに耐えかね、飛び出したときである。和歌山城下でみせていた源六の行動性からすれば、それは充分にあり得ることだ。児島竜大夫もそれを見越し、一林斎を江戸に潜ませたのだ。

一応の策を話し合い、割烹を別々に出た。ヤクシとイダテンが、事前に尾行している者がいないかどうか調べたのは言うまでもない。

一林斎は日本橋から直接神田の大通りを須田町に向かわず、両国橋西詰めの広小路に出てから、柳原土手の人混みに入り、ぶらぶらと筋違《すじかい》御門のほうへ歩を取った。古着屋や古道具屋の呼び込みの声を聞きながら思えてくる。源六の心をなぐさめ癒す方途は、

（ある）

ただし、できない。佳奈を奥御殿に入れるなど……断じて。

しかし、

（外で偶然……）

本来が不羈奔放《ふきほんぽう》な源六に加え、そこへ佳奈の闊達《かったつ》さが重なれば、江戸がいかに広いとはいえ、これからの潜み暮らしのなかで、

「あり得るぞ」

言葉がつい、口をついて出た。

「当たりーっ」

女の声が聞こえ、

――ドドンドドンドンドドン
太鼓の音が響いた。瞬時、出陣の陣触れかとドキリとした。歩はちょうど、葭簀張《よしずば》りの矢場《やば》の前を通っていた。

二

「わっ。またお姫さま」

佳奈が庭で声を上げたのは、日本橋の割烹で一林斎らが鳩首してから十日ほどを経ていた。来たのはハツが一人だった。冴が賓客を迎えるように居間へいざなった。ハツなら一人でも警護の武士などつく必要はない。

一林斎は療治部屋で腰痛の婆さんに鍼の施術中であったのを冴と交替し、なにはともあれといった風情で居間へ入った。

差し向かいに端座するなりハツは深々と頭を下げ、

「先日、申し越した屋敷への招請の件……あのう……なかったことに」

申しわけなさそうに言う。小泉忠介の耳打ちの策が奏功《そうこう》したようだ。それをハツの口から聞くなり一林斎は肩を落とし、

「いや。町の鍼師風情がお目見え医者になど、大それたことでござった」

「一林斎どのには、まことに……。われら、決して一林斎どのの腕を疑ったのではありませぬ。大名家には、なにかと旧来のしがらみが多うございましてなあ」

「いやいや。いい夢を見させていただいた。それだけでもありがたいことじゃ」

「そう言っていただければ……」

そこに式神の冷酷さはなく、ハツは心底から言っているのが一林斎には分かる。

ハツはいたたまれぬといったようすで、

「些少ではございますが」

膝の前に出したのは、新たな十両の包みだった。久女が持たせたのだろう。照子とて、ハツの言った〝しがらみ〟には勝てなかったようだ。一林斎は恐縮の態《てい》で受け取り、ハツはホッとしたように腰を上げた。

冠木門まで見送りに出た一林斎に佳奈もついてきて、

「あれ、もうお帰りですか？　また来てね」

「はいはい。どこか具合が悪くなれば、診てもらいに来ますからね」

「わーっ、いっ？」

これにはハツも微笑んだ。その姿が神田の大通りに出て見えなくなったとき、

「ふーっ」

一林斎は大きく溜息をつき、吹く風が冷たく身に沁《し》みた。

（一難去ったが、やりにくいのう）

心底思えてきた。源六の動きいかんによっては、ハツとも命のやりとりをしなければならないのだ。

源六のようすを、イダテンがときおり須田町の〝霧生院〟に伝えていた。憐み粉の調合がすでに千駄ケ谷の下屋敷で始まり、上屋敷に届けるのも中間姿のヤクシだった。帰りにイダテンの裏長屋に立ち寄る。おもて向きは、長屋は屋敷のすぐ近くだ。一林斎に知らせるべきことがあればすぐ須田町に走る。長屋の腰高障子の桟に〝印判　伊太〟と書き込んだ木札を引っかけている。手先の器用さを生かし、ハンコ彫りのまねごとをしているのだ。これがけっこう上手い。場所もとらず、一日中、部屋で鑿《のみ》をふるっていても怪しまれない。

冬の北風に、土ぼこりの舞う日だった。

「あんた、若いのにまたどこか悪いのかね」

「へえ。肩の凝る仕事をしているもんでやして」

イダテンは〝霧生院〟の待合部屋で年寄りから声をかけられ、療治の順番が来るのを待っていた。佳奈が奥の居間で一人では寂しいのか、待合部屋に水を入れた桶を持ってきて鍼の練習をしている。

米糠《こめぬか》の鍼山《はりやま》では飽きたのか、反抗していたのが次の段階に入ると、けっこう楽しそうにやっている。それも待合部屋に出てきて、順番待ちの町内の者と競うように、

「ちがう、ちがう。こうやって」

などとはしゃいでいる。

桶に水を張り、季節とともに対象は変わるが、柿、蜜柑、さや豆、茄子《なす》など水に沈まない果物や野菜を浮かべ、的を定めて押し手を使わず鍼を打ち込む。これがけっこう難しい。的をまったく外すときもあれば、くるりとまわって刺さらないこともある。おなじ深さに打ち込むには、柿と茄子では瞬間的な力の入れ方が異なる。待合部屋の者もおもしろがり、

「どれどれ、佳奈ちゃん。貸してみな」

試してみるがうまくいかない。

イダテンがやればけっこううまくいく。

「へへ。あっしは印判師でして」

言えば周囲も納得し、

「わっ。もう一回」

などと佳奈もはしゃぎ、次には失敗してみせる。

待合の者も、

「へーえ。鍼の先生になるには、こういう練習から入りなさるのか」

と、〃霧生院〃への親近感をさらに深める。

イダテンの診てもらう番が来た。

姉さんかぶりをし、たすき掛けに前掛姿の冴も療治部屋にいる。

イダテンは声を殺した。

「ヤクシが御殿の庭先で章助と荷の受け渡しをしていたときだそうです。源六君が走って来やして……」

「——どこからこの庭に出入りしている。下屋敷というのはどこにある」

訊いたという。

「それがまた真剣な眼差しだったようで」

「ふむ」

「おいたわしや」

一林斎はうなずき、冴は声を絞った。圧迫を感じ、息のつまる奥御殿での日々が、八歳の源六にはそろそろ限界が来ているのかもしれない。

上屋敷の中でも奥御殿は、おもての政庁や藩主の居住と執務の場である中奥とは隔絶されており、おもて玄関まで行くのさえ困難であることを、源六はとっくに覚《さと》っている。外へ出るには、奥御殿から直接いずれかを抜けていく以外にない。章助が、

「――裏門の横に勝手口が一つありまして……」

語ったことをイダテンは話し、

「――出れば道は一筋でして」

ヤクシも一緒に説明したところへ、

「――頼方さまーっ。ここでございましたか！　そなたら、若さまに直答《じきとう》するなどとは！」

ハツとマキが走り寄って来て中間二人を詰《なじ》り、源六の手を取り奥へ引いて行ったという。もちろんヤクシも章助も、源六こと頼方と話をするときは片膝を地についていた。

「源六君は抗《あらが》うように幾度もふり向かれ……。ハツとマキは、おそらく話していた内容は知らず」

「源六君も言うまいのう」

イダテンの説明に一林斎はうなずいた。

療治部屋の声はいっそう低くなり、

「わたくしが行って、外への手引きをしたいほどです」

冴は深刻な表情になった。

板戸の向こうの待合部屋から、

「ほらほら、お爺ちゃん。こうよ、ほら」

佳奈のはしゃぐ声が聞こえてきた。

「屋敷内で直接源六君をお諫《いさ》めできる者はおらず、行動に出る日は近いかのう」

「その行き先は、おそらく下屋敷かと」

イダテンと一林斎はうなずき合った。

数日後、それを裏づける話を、またイダテンが持ってきた。小泉忠介からの伝言だった。また療治部屋で声を殺し、

「源六君が光貞公に直接、千駄ケ谷の下屋敷に移りたい、と……」

「言ったか」

「なんとも、おいたわしい」

一林斎の短い言葉に、冴がまた声を絞った。

やみくもに屋敷を飛び出すような無鉄砲なことはしない。自分の立場をわきまえている。ならばできることといえば、奥御殿を出て他の屋敷へ住まうのを願い出るしか

ない。中屋敷は赤坂御門の内側で、外濠《そとぼり》だが城内ということもあり、おもに政庁として使われていて藩士以外の居住空間はない。

（やはり下屋敷）

源六なりに考えた末のことであろう。

源六の年齢では、いったんこうと決めれば実現するまで、一日が百日ほどにも感じられよう。

「ご簾中さまはいかに」

「願い事があるなら、殿に話すよりもわらわにまず言うが筋ぞ！　と、きつくお叱りになったとか」

「ふむ」

一林斎はうなずき、

「その日が来るのは、早いな」

ぽつりと言った。

奥御殿を飛び出して下屋敷に走り、そこに居ついて既成事実をつくってしまうことである。大名家にあっては、許されることではない。

だが、

「立場を変えて考えれば」

一林斎は言った。自分たちが照子や久女の立場なら、逆にそれを利用する。外に出たときが、

(好機)

なのだ。

療治部屋で、三人は額を寄せ合った。奥御殿でも、照子と久女が、さらにハツとマキも加わっていようか。鳩首しているかもしれない。

三

落ち着かなかった。

いつ決行か。決めるのは源六だ。それも、衝動的に……。

その日はさいわい晴天にめぐまれ、朝から江戸中に落ち着きがなかった。

極月《ごくげつ》(十二月)十三日、煤払《すすはら》いの日だ。町場でも武家地でも、数日前から煤竹《すすだけ》売りが〝すすだけー、えー、すすだけ〟の声とともに笹のついた長い竹竿の束をかかえ売り歩いている。

ってい た。

　この日に武家地も町場も一斉に大掃除をする。本来は元旦に新年の神を迎えるのに屋内の煤を払い清める行事だったのが、いつのころからか一斉に大掃除をする日になっていた。

　商家などではおもての戸を大きく開け放しているが商いはしておらず、家具や畳を外に出してほこりを払い、江戸城の大奥でも腰元衆がたすき掛けで着物の裾《すそ》を端折《はしょ》り、腰巻もあらわに箒《ほうき》やハタキや水桶、雑巾を手に右に左にと走っている。

「へっへっへ」

　と、留左が早朝から煤竹を担いで〝霧生院〟の冠木門をくぐった。手伝いだ。職人や行商人、火消しなどが日ごろ出入りのあるお店《たな》や武家屋敷へ手伝いに出るのも、この日の行事の一つである。

「長屋はきのうのうちに済ませやしてね」

　と、待合部屋や療治部屋の畳を上げはじめた。

　庭でそれを叩く音が響きだした。近所の者も手伝いに来たのだ。奥のほうは冴が手拭を姉さんかぶりに台所の煤払いに余念がない。

「トトさまは」

「急な患者さんが出て、診《み》に行きなされた」

雑巾を手にした佳奈が訊いたのへ、冴は応《こた》えた。さきほど、留左にもそう話したばかりだ。

源六に〝衝動〟があれば、

(きょう)

一林斎は予測し、早くから出かけたのだ。


屋敷の奥御殿で、源六は居場所を失っていた。

「さあ、向こうのお部屋にお移りくださいまし」

朝からの慌しさに、この日ばかりは働き手とならない者は若君であれ姫君であれ、腰元衆の指示に従わねばならない。

源六は追い立てられるように庭へ出た。絹の羽織・袴に前髪で、小さいとはいえ目立つ。庭には見知らぬ男や女たちが忙しそうに行き来し、気にとめる者はいない。町場の者が手伝いに来ているのだ。普段は閉ざされて入れない武家屋敷の、出入り勝手次第となった裏門に職人姿や姉さんかぶりの町人がせっせと出入りしている。

源六はまた隅に追いやられた。

「おっ」

以前、中間姿のヤクシと章助に外のようすを訊いた場所だ。頼方こと源六の目は一点に釘付けられた。いつもは閉まっている裏門の近くの勝手口だ。板戸が開いたままになっている。近くに、小さな身なら容易に隠れられる植込がある。走り込んだ。衝動を誘うのに、これほどの舞台装置はない。目の前の、板戸の開いた空間が、

——さあ、若。いまですぞ

呼んでいる。

源六の身がひるがえった。潜り出た。なんとも簡単だった。

そこはもう、屋敷の外である。

白壁に沿って細い往還がつづいている。東へ行けば江戸城の外濠《そとぼり》に出る。西へ進めば白壁の切れたところから御先手組《おさきてぐみ》の組屋敷がつづき、往還は幕府の鉄砲場に突き当たる。往還はそこを迂回するかたちとなり、鉄砲場を過ぎれば樹木が立ちならび、起伏も湾曲もある林道《はやしみち》となり、抜ければ畑地で、さらに進めばこぢんまりとした町場がある。その町場を過ぎたところに、

「——ふたたび白壁が見えまする。そこでございますよ、ご当家の下屋敷は」

あのときヤクシが話したのは、それだけではなかった。

「——大人の足でゆっくり行けば、半刻《はんとき》（およそ一時間）ほどの距離にございます」

源六は思ったはずだ。

(――わしが走れば、もっと早く着くぞ)

足が動いた。

「おっ」

白壁に沿った往還を行きつ戻りつしていた職人姿の男が、勝手口から飛び出てきた羽織・袴の小さな姿に気づいた。イダテンだ。行き先は分かっている。

(いましばらくようすを。組頭、すでに来ておいでならいいのだが)

源六よりも、勝手口のようすをうかがった。

屋敷内でも、源六の姿を追っていた者がいた。ハツとマキだ。植込の近くで、二人は竹箒を手にうなずきを交わした。久女たちも、頼方の衝動を誘う日があれば、

――煤払いの日
目串《めぐし》をつけていたのだ。

二人は竹箒を植込にそっと立てかけると、するりと勝手口から外に出た。誰に告げることもなく……ということは、上臈《じょうろう》の久女もすでに承知していることになる。ならば当然、照子も承知していよう。どうりで若さまが一人、目立つ衣装で庭に下りて

も、見咎める腰元が一人もいなかったはずだ。頼方こと源六の動きは、朝から式神たちの掌中《しょうちゅう》にあったことになる。

ハツとマキが白壁の外に立ったとき、イダテンは物陰から二人の姿を確認するなりその場を離れ、町場の長屋に向かった。

内側からも、腰元二人が勝手口から出るのを見ていた者がいた。中間姿の氷室章助だ。もちろん、頼方こと源六が外に出るのも確認している。しかし、中間の身分では勝手に屋敷を離れることはできない。屋敷内で煤竹を持ったまま中奥に走った。小泉忠介に伝えたのだ。しかし大名屋敷の中である。手順を踏まねばならず、時間がかかった。小泉忠介が氷室章助を供に上屋敷を出たのは、ハツとマキが勝手口を出てから小半刻（およそ三十分）も経ていた。

もう一人、

「すまない。ちょっと雪隠《せっちん》に」

と、派手に畳を叩いていた男が一人、相方の職人姿の男に声をかけ、その場を離れた。残された職人風の男は、

「おう、空いたぜ。誰か来ねえ」

まわりに声をかけると、

「おう」

と、すぐ別の尻端折に鉢巻きの男が走り寄って畳を叩きはじめた。

手伝いに来ている町人たちの目的は、できるだけ派手に立ち働いて屋敷の腰元衆や家臣たちに自分の姿を見せておくところにある。これまでの〝ご恩返し〟と、のちの出入りの顔つなぎだ。だから不意に持場を離れる者がいても文句を言う者などおらず、逆に空きができたとよろこばれる。

誰に見咎められることもなく持場を離れた男は、ハツとマキを追うように勝手口に走り、外に出た。もちろん男は、若さまの頬方が外に出るのも見ていた。三十がらみで体格のいい、着物を尻端折にたすき掛けで頬かぶりをした男だった。

職人姿のイダテンが長屋に駈け戻ったとき、すでに一林斎は来ていた。

「ほう、早いな。まだ朝のうちだぞ」

「早いな、ではありませぬぞ。さっそくです。あとをハツとマキが尾《つ》けました」

そのハツとマキを尾けた男がいるのを、イダテンは見ていない。

「なに!」

一林斎は緊張した声を上げ、イダテンを薬籠持《やくろうもち》に、

「急患にて！」

煤払いのつづく長屋を飛び出し、町場の近道を鉄砲場の方向へ走った。腰に苦無を提げ、随うイダテンは職人姿ながら小脇に薬籠を抱えている。このかたちがあれば、どこを走っても怪しまれない。薬籠には、かつて六郷の渡しで菱に塗った必殺の安楽膏も入っておれば、革製の鍼収《はりおさ》めには特番の鍼もそろっている。

急いだ。

（源六君が屋敷を出たとき）

奥御殿から尾行のつくのは想定していた。だが、

（煤払いの最も忙しくなる午《ひる》ごろ）

それも、

（行き先を確認するため、ハツかマキのどちらか一人が尾け、二人が本格的に動くのはそのあとのこと）

想定していたのだ。源六が千駄ケ谷の下屋敷に入れば、日常業務の停滞している日であれば、下屋敷と上屋敷を藩士や腰元が往復し、源六を奥御殿に連れ戻すのは明日になるだろう。ならば式神の暗殺決行は、

（今宵……毒殺）

奥御殿で責を負う者はいない。源六が屋敷外に出るのを見逃したとしても、そのあとすぐ連れ戻す姿勢を示しておれば、〝急死〟に対する責は下屋敷となる。

ところが、端《はな》からハツとマキが尾《つ》いた。

聞いた瞬間、一林斎の脳裡には、かつて山間で由利に毒入り手裏剣を打ち込まれたときの光景がよみがえってきた。

(下屋敷へ入る前に決行するつもりか)

〝敵〟が機を逃さず手段を選ばずの構えなら……あり得る。

赤坂の町場から畑道に入った。御先手組の組屋敷の裏手だ。鉄砲場を迂回する往還には断然近道となる。

林のなかに入った。土地の者だけが知る粗朶《そだ》拾いの杣道《そまみち》があり、上屋敷からの往還が樹間で湾曲したところに出る。

「源六君が躊躇なく下屋敷へ走ったなら、いまごろはおそらくあの樹間でしょう」

「ハツとマキの策を見極めてからでは遅い。ともかく斃《たお》してでも阻止せねば」

「承知。方途はその場で下知を」

冬場で立ち枯れた灌木《かんぼく》群の杣道に、できる限り音を抑え進んだ。

「おっ!」

一林斎とイダテンは同時に動きをとめた。樹間に腰元姿が見えたのだ。

「ハツが一人？」

「ここで殺《や》る気か！」

二人はハツの背後に出ていた。ハツがそれに気づかなかったのは、みずからもいま樹間に踏み入り、立ち木の陰に身を隠したところだったからだろう。往還から二間（およそ三・六米）と離れていない。

うずくまった。なにやら取り出した。

背後からだが、一林斎とイダテンには分かった。

――吹き矢
当然、なんらかの毒は塗っていよう。

冬場で、灌木に葉の茂っていないのがさいわいだった。一林斎とイダテンの場所から、湾曲した往還の両方が見える。来た。小さな羽織・袴姿、源六だ。ハツはさすがに式神というべきか、いずれかで源六の前に出ていたのだ。まだ見えないが、マキはそのうしろに尾いていよう。

子供相手に、樹間の湾曲した箇所で挟み打ち……などではあるまい。

一林斎とイダテンは読んだ。

源六の首筋に毒塗り吹き矢を打ち込む。チクリと痛い。だが源六は先を急いでいる。小指にも満たない小さな矢を手で払いのけ、なおも歩を進める。あとをマキと、樹間から出たハツが追う。源六の身に毒がまわるのは千駄ケ谷の町場に入ってからか、それとも下屋敷の門をくぐってからか。いずれにせよハツとマキが、

『屋敷に頼方さまのお姿が見えなくなったゆえ』

と、下屋敷に姿を見せるのは、源六の身が異常を来《きた》し、騒ぎになってからとなろうか。そのときはもう手の施しようがない。

(さすが式神よ)

一林斎の脳裡を走る。

源六は近づいている。風が出てきた。枯れ枝がわずかにざわめきはじめたが、至近距離の吹き矢に支障が出るほどではない。

(儂《わし》がハツを、おぬしはマキを)

(承知)

一林斎の目にイダテンは無言のうなずきを返した。

瞬時、風に枯れ枝がざわついた機を逃さず一林斎の身は飛翔《ひしょう》した。

が、ひとっ跳びで襲いかかれる距離ではない。

　ざわめきの異常に気づいたハツは、

「ん？」

　しゃがみ込んだ姿勢のまま振り返った。苦無の切っ先が迫っている。吹き矢の竹筒では防ぎようがない。とっさに横倒れに身をかわしたのはさすが式神か、仰向け状態のまま懐剣を抜き再度迫った苦無の切っ先を、

　——カチン
　はねのけ、

「そなた！」

　声を上げた。一林斎が一撃で苦無の切っ先をハツの身に当てられなかったのは足場の所為《せい》か、それともハツが〝霧生院〟で式神ではない、人としての姿を見せた故か。おそらくその両方であろう。

　が、二の太刀をかわすには、ハツの体勢は悪すぎた。

「許せっ」

「うっ」

　声と同時に、ハツは首筋に軽い衝撃を感じ、

「ううううっ」

手で口をふさがれた。苦無の切っ先が心ノ臓に当てられ、ハツは驚愕の目を一林斎に向けている。不意の出来事に対してではない。一林斎の顔がそこにあることに対してである。

立ち枯れた樹木の向こうに、走り去る源六の姿を一林斎は確認し、足音はハツにも聞こえた。

ハツは事の失敗を覚ると同時に、体に毒のまわるのも感じた。かつて式神が由利に打ち込んだのと同種の、即効性のあるものだ。体のしびれから、ハツにはそれが分かる。みずから力を抜き、一林斎も苦無を収め、口をふさいだ手をゆるめた。

「そなた……で、あったのか」

「許せ、ハツどの。これも武家のしがらみ。本意ではない」

「ううっ」

ハツはうなずいた。まだ息はあるものの、全身の弛緩《しかん》が進んでいる。口が動かなくなった。イダテンがそばに来たが、それも見えなくなっている。

樹間の往還に枯葉を踏む音が……マキだ。

「ここでは殺すな。敵の報復をやわらげるためだ」

「はっ」

二人はハツのうずくまる場から左右に飛び散った。

枯れ枝の音を、マキは聞いた。風ではない、不自然な音だ。

立ちどまった。往還の湾曲した箇所だ。ハツがそこを選んだのは、往来人があれば逆に左右の見通しが利き、策を中断する判断も容易にできるからだった。

マキは首をかしげた。頼方に吹き矢を打ち込んだであろうハツの姿がない。

樹間に、目をやった。

「あっ」

枯れた灌木のあいだに、女の着物が見える。

「ハツどの！」

飛び込んだ。

驚愕した。その身に反応がない。

抱き起こした。虫の息だ。首筋の傷に気づいた。

「どうなされた！」

（薬込役！）

全身の血が泡立った。

この機を一林斎とイダテンは見逃さなかった。

――ガサッ
マキは音に目をやった。すぐ近くだ。人の影が視界に入る。

「なにやっ！」

身構え、立ち上がったのと同時だった。逆の方向から人影が飛来した。動顛《どうてん》してい
るうえ、全神経を前方の影に集中していた。防げなかった。脾腹に当て身を受け、

「うぐっ」

気を失い、その場に崩れ落ちた。

マキとハツのふところと袂《たもと》、それに着物の襟《えり》も検《あらた》めた。吹き矢はハツだけで、毒
薬は両方の袂から出てきた。もとどおりにした。

「まもなく小泉と氷室が来ようか。往還に出て待て」

「はっ」

イダテンは往還に出た。一林斎はふところに入れていた鍼収めから特番の鍼を取り
出し、素早くマキの首筋に打った。一本、二本……五本、

「組頭。二人、来やした」

「おう」

また素早く、先端の折れた鍼を鍼収めにしまい込んだ。

（いったい、なにがどうなっておるのだ）

その光景の一部を、灌木群のなかから見ていた者がいる。上屋敷からマキとハツのあとを尾けた三十がらみの男だ。ハツの姿が樹間に消えたときから二人の策を解し、

（お手並み拝見。樹間で待伏せか）

予測しながら尾けていたのだ。しかしその目に入ったのは、マキが樹間に誘い込まれ、職人風と医者風の男に襲われ、すぐに職人風が往還の近くまで出て樹間に身を潜めたところだけだった。医者風がその場を離れたのは、気配から分かる。職人風はそのまま動かない。

男は迷った。医者風を尾けるか、それともこのまま身を潜め、つぎの展開を見とどけるか。

その場を離れた。樹間を大きく迂回し、鉄砲場の近くに出て往還を進んだ。若さまである頼方のようすを確認する道を選んだのだ。

いましばらく待って腰物奉行の小泉忠介と中間姿の氷室章助が通りかかり、そこへ頬かぶりのイダテンが出てきてその後の処理をするところまでを見ておれば、江戸での紀州藩薬込役の顔ぶれの一端を知るところとなっていただろう。それにイダテンの

顔を、頬かぶりをしているものの樹間から確認し、アッと驚きの声を洩らしたかもしれない。

男はイダテンとおなじ赤坂御門外の町場に、京扇《きょうおうぎ》の暖簾《のれん》を出しているみやこ堂の番頭連次郎《れんじろう》だった。おなじ町内で、互いに顔を見知っている。

みやこ堂はこの秋に〝上方《かみがた》の出〟を売り言葉に、暖簾を出したばかりだった。行けば印判の注文が取れるかもしれないと長屋の住人で親切に言う者があり、イダテンは職人を装うためにも断われず顔を出した。そのとき応対したのが番頭の連次郎で、鄭《てい》重《ちょう》に断わられた。商舗《みせ》は小さく、庄兵衛《しょうべえ》というあるじと、あと小僧が一人いるだけで、近所で聞けば庄兵衛は、

「――お江戸で商いの目鼻がつけば、京より女房子供を呼び寄せるつもりです」

言っているそうな。京訛《なま》りがあり、イダテンはそこになんら疑念は持たなかった。むしろ上方同士で、みずからが和歌山の出であることを覚られまいと、断わられたのをさいわい早々に引き揚げたのだった。

連次郎は鉄砲場の脇から千駄ケ谷の町場に入り、若さまが一人で下屋敷に入ったのを見届け、

(女二人め、失策《しくじ》りおったな)

それだけを確認していた。

四

鍼を埋《うず》めれば、やがて死ぬ。だが、当人は知らない。考えようによっては、これほど非道な殺しはない。ハツとマキの刺客を封じれば、あとの始末はおもての仕事となる。後事を小泉忠介らに任せて神田須田町に戻ってから数日、一林斎は気分がすぐれなかった。

「おまえさま。埋めなさったのですね」

冴がすぐに気づき、

「ああ」

一林斎は短く返した。

一人をしばらく生かしたのは、イダテンにも言ったとおり、ハツとマキを同時に殺害し照子や久女の激情を誘わないためだった。配下を二人も斃《たお》され浅慮に走れば、奥御殿での〝毒殺〟は困難なことではないのだ。

あの日〝霧生院〟の居間で心底から申しわけなさそうな表情を見せたハツを、役務というしがらみに、ハツがかすかにうなずいたのが一林斎をわずかになぐさめた。向後のしがらみを思えば、やはりマキも生かしておくことはできない。一月《ひとつき》後か半年後か……ハツと違って、マキは一林斎を〝敵〟と認識しないまま死ぬ。

「わっ、トトさま。ほれ、小さな金柑《きんかん》にも鍼を刺せました」

かたわらで水桶に向かって端座の姿勢をとっていた佳奈が、嬉しそうに言った。佳奈は、それが埋め鍼にも通じる鍛錬だとは知らない。

職人姿のイダテンが、

「こんどはどうも腰よりも肩が凝りやしてねえ」

と、〝霧生院〟の待合部屋の畳に座り込んだのは、あと六日で元禄四年が終わるという、世間全体がどことなく慌しい日の午前《ひるまえ》だった。

一林斎はこの日を待っていた。これまで火急の知らせもなく、待合部屋のイダテンにもあわてたようすはなく、町内の婆さんの足裏に灸を据えながら、

（奥御殿も収まったようじゃの）

感じ取った。だが、直接聞くまでは安心できない。まさかマキの〝急死〟を知らせに来たのでもあるまい。早すぎる。

「つぎのお人。どうぞ」

冴が艾《もぐさ》をほぐしながらイダテンを呼んだ。

「へへへ、先生。こんどは肩が痛うて、痛うて」

言ったあと、声を殺した。

あのとき小泉忠介と氷室章助は、待っていたイダテンから事の次第を聞かされ、ハツの遺体とマキの身柄を鉄砲場に担ぎ込み、

「紀州藩の用にて」

番小屋の一部屋を借りてマキの気がつくのを待った。

イダテンはその場を離れ、千駄ケ谷に走り、源六こと頼方が無事下屋敷に入っているのを確認してから赤坂への帰途についた。みやこ堂の連次郎はそのころすでに赤坂へ戻っており、出会うことはなかった。

鉄砲場の番小屋で気を取り戻したマキは狼狽《ろうばい》した。袂を探ると毒薬は奪われていない。死体となったハツの袂も同様だ。

「――わたくしたちは、頼方さまの姿が屋敷より見えなくなったので找《さが》しに外へ」

「――ほう、われらも同様。それがなにゆえかような仕儀に」

「――わたくしにも分かりませぬ」

言葉が交わされ、

「――ともかくわたくしは」

マキはすぐさま樹間の湾曲した往還に走り、ハツの斃れていた箇所を探った。吹き矢が落ちている。素早く袂に入れた。あとにつづいた小泉忠介と中間姿の氷室章助は気づかぬふりをした。

すぐに往還が慌しくなった。源六こと頼方が一人で千駄ケ谷の下屋敷に行ったことが分かり、藩士や腰元らが忙しげに往復しだしたのだ。その日のうちに権門駕籠が用意され、夕刻近くに頼方は上屋敷の奥御殿に戻された。

その夜、奥御殿の一室でマキは照子と久女から詰問された。マキとて事情が分からない。当て身を受ける直前、灌木のあいだに人影が見えたのも、

(――気のせいだったのか)

などとも思えてくる。

ならば、

(――虫の息のハツを見て動顚し、不意に襲ってきた者も当て身を見舞われたのもまぼろしで、驚愕のあまり不覚にも卒倒したのかもしれない)

真剣に思いはじめた。倒れているところを、

「頼方さまを找《さが》しに出た上屋敷の藩士と中間に発見された」

それなら、ハツの首筋にあった傷は……。当然、照子も久女も質《ただ》した。刀傷ではない。むしろ引っ掻き傷だ。

夏場なら、街道や田舎道で用足しに草叢《くさむら》や樹間に入った女性《にょしょう》が、運悪く蝮《まむし》に気づかず、しゃがみ込んだところを咬まれ、場所が場所だけに医者に駈け込むこともできず、命を落としたという話は珍しくない。冬場でも、草叢や樹間にいかなる毒虫が棲息しているか知れたものではない。琉球か大陸渡来のサソリか毒グモか……季節によってはハチに刺されて死ぬ者もいるのだ。

首筋の傷は、咬まれるか刺されるかしたハツが自分で引っ掻いた……。屋敷に若さまが一人いなくなったのに気づき、外へ找しに出た最中に奥御殿の腰元といえど、つい樹間に入り……。辻褄が合う。そう結論づければ、ハツの葬儀は藩邸で盛大におこなうことができ、源六こと頼方は光貞からも照子からも厳しく叱責されようが、腰元の死については丸く収めることができる。

「葬儀は奥御殿でしめやかに」

「で、源六君は……」

イダテンの声を殺して言う言葉に、冴が問いを入れた。

「小泉どのによれば、見るも憐れに意気消沈しておいでだったとか」

「おいたわしや」

「で、光貞公に真相は？」

一林斎が問いを入れた。

「小泉どのが、それとなく」

「話したか」

「はい。光貞公は顔面蒼白になられた由《よし》」

それでも光貞は、京の公家衆との関係を思えば、頼方の命が狙われているなどと、事を荒立てることはできない。隠忍自重は、照子や久女よりもむしろ光貞のほうであった。

「さもありなんか」

一林斎は溜息をつくように言うと、

「冴。つぎの患者を呼んでいいぞ」

「はい。おつぎの人、どうぞ」

「はいはい。待っていましたよう」

いつも腰痛で来る婆さんが、仕切りの板戸を開け、腰をさすりながら入ってきた。

五

「マキどのが奥御殿で不意の発作で息絶えたと、きょう小泉どのから」

イダテンが〃霧生院〃に伝えたのは、年が元禄五年となり、卯月《うづき》（四月）に入ってからのことだった。

その前日に、マキが屋敷から町場に出てみやこ堂の暖簾をくぐったのを、イダテンは見ていなかった。もっとも武家娘であろうと腰元だろうと、そこが京扇の商舗なら別に奇異でも不思議でもない。

マキが久女に下知され、みやこ堂の暖簾をくぐったのは〃事件〃より四月《よつき》近くも経て、ようやくといったものであった。

去年の秋に、土御門《つちみかど》清風《せいふう》直属の式神としてみやこ堂庄兵衛が江戸へ送られたのは、久女に合力《ごうりき》するためだった。しかし久女も照子も、さらにハツもマキも、

「――ここは紀州藩徳川家の奥御殿。われら女の手で」

と、男の式神たちの合力を受け入れなかった。

業《ごう》を煮《に》やした庄兵衛が歳末の煤払いの日を機に、配下の連次郎を上屋敷の奥御殿に入れたのは、久女に接触するとともにハツとマキを一度、みやこ堂に呼びつけるためだった。ところが連次郎は久女やハツ、マキたちと接触する前に、若さまの頼方が屋敷を出てハツとマキがそのあとを追う場面に遭遇したのである。

――だからわれらが合力しようと言っているのだ

いっそう強く庄兵衛は、久女につなぎを入れた。

ようやく屋敷を出てみやこ堂の暖簾をくぐったマキは部屋には上がらず、店場に立ったまま憮然《ぶぜん》としたようすで、

「――向後は、そなたらにも頼方さまに動きがあれば知らせまする。そのときにはよしなに」

言っただけでくるりときびすを返した。

マキの〝急な発作〟は、その翌日だった。これには庄兵衛も連次郎も驚いた。さっそく死因を問うつなぎを久女に入れたのは、

――われらは細工しておらず

との証明のためでもあった。埋め鍼の存在を知らない者に、その死因が分かるはずはない。それに庄兵衛たちには、合力をしてもマキを殺《あや》める理由はない。照子も久女

も動顚しながら、

（――当面、あとに頼むはみやこ堂のみか）

　真剣に思いはじめていた。

〝霧生院〟の療治部屋に入ったイダテンは、一林斎からかたちばかりの療治を受けながら、小泉忠介から聞いたそのときのようすを、

「たまたま、お目見え医者が屋敷に来ており、奥に走ったらしいのですが、なにぶんあっという間のできごとで手の施しようもなく、原因も分からないまま、まだお若いのにと首をひねるばかりだったとのことです」

　イダテンの肩に、さきほど据えた灸が線香がわりとなったか、一林斎はしばし手をとめ瞑想にふけった。六郷の渡し、川崎宿の本陣、青松寺では言葉も交わし、さらに下屋敷へ向かう樹林でのことなどが脳裡をめぐった。

「あちちちっ」

「おう。生きている証《あかし》だ」

「そ、そのようで。う、う、あちっ」

　艾《もぐさ》がすこし多すぎたようだ。

　イダテンも、ある程度は霧生院家の秘伝を噂に聞いているが、やはり佳奈の出自と

同様、話題にするのは薬込役のあいだにおいてはご法度なのだ。

「去年暮れのハツどののときもそうでしたが、いまのところ京より奥御殿に新たな腰元が入ったとの動きはないそうです。あちちち」

話題はすぐ、現実のものへと変わった。


その数日後だった。イダテンではなく小泉忠介が、氷室章助ではなくヤクシをお供に〝霧生院〟の冠木門をくぐった。

「紀州藩のご家中だが、藩と関係なく霧生院《うち》の患家《かんか》でのう。これからもときおり参られよう」

佳奈には話し、ヤクシを待合部屋に待たせた。これが章助なら、佳奈は大よろこびしたことであろう。

「殿が、組頭をお召しです。居間では、マキどのの発作のときのようすを、それがしに詳しくお訊きになられまして……」

霧生院一林斎が頼方こと源六の警護に江戸へ潜んでいることは、加納五郎左衛門が昨年、紀州に帰るときそっと光貞に耳打ちしている。

その光貞が、一林斎をわざわざ召す。ハツのときもさりながら、マキの死因に感じ

るものがあったのだろう。それもお目見えの場所が、

「あす、増上寺へ参詣される。そのときに……」

だった。

「ふふふ」

一林斎は苦笑し、小泉忠介も合わせるように口元をゆるめた。

将軍家の法要がある日でもないのに、光貞が増上寺へ……。以前、照子が増上寺を素通りし神明宮へ参詣しようとしたことへの、

（暗黙の意趣返《いしゅがえ》し）

一林斎にも忠介にもそう感じられる。増上寺には第二代秀忠《ひでただ》将軍の墓所がある。参詣はいつでも名目が立つのだ。

その日、増上寺の庫裡《くり》の一室に一林斎は伺候《しこう》した。苦無は腰からはずしていたが、筒袖《つつそで》に軽衫《かるさん》で茶筅髷《ちゃせんまげ》の、いつものいで立ちである。

照子の女乗物のとき以上に、多数の供侍や挟箱持の中間が随っていたが、部屋には光貞と一林斎の二人となった。一林斎は庫裏の裏手から入ったため、町医者が伺候《しこう》したことを知る者はきわめて少数だった。

みやこ堂庄兵衛は、権門駕籠が頼方ではないため尾行はしなかった。

庫裏で、隣の部屋には腰物奉行の小泉忠介が一人で端座し、余人を近づけない態勢を取っていた。

「久しいのう。さあ、面《おもて》を上げい」

光貞は一林斎に親しく声をかけた。

「はーっ」

一林斎は光貞のすぐ近くまで膝行《しっこう》し、顔を上げた。奇異なことではない。薬込役が特殊任務を受けるとき、和歌山城内の奥の庭で加納五郎左衛門か児島竜大夫にともなわれ、光貞から直接下知されることもあるのだ。

光貞はかつて和歌山城下で、一林斎に源六の警護を直《じか》に下知したときのことをよく覚えていた。

「奥の腰元、京より照子が呼び寄せた者であるそうだなあ。なにやらの発作で死んだとか。憐れなことじゃ」

光貞は忍ぶような声で話し、

「一林斎」

「はっ」

「おまえは薬込役の、それも霧生院家の筋であったのう」

あたりを警戒するような口調から、その言葉の裏に埋《う》め鍼《ずばり》のあることが、一林斎には慥《しか》と感じられた。

人の気配だけで声は聞こえないが、小泉忠介もいま襖の向こうで鍼が話題となっていることは感じ取っている。

光貞の言葉はつづいた。

「近くの青松寺で、おまえが鍼で簾中の危難を救ってくれたことは聞いておる。したが、埋めてはいまいなあ」

「いかさま、神明に誓い」

「よし、それでよし。のう、一林斎よ」

光貞の口調は厳しいものから一転やわらかくなったものの、逆に重さを増したように感じられる。

「霧生院家代々の施術は、霧生院家のものというより、わが紀州藩徳川家のものと覚えよ。いいな」

「ははっ」

「いかんぞ、一林斎。向後、いかに機会があろうと、簾中に施すことはのう」

光貞は、マキへの埋め鍼はあとからとはいえ容認したが、照子への施術は明確に禁じた。そこに言う〝簾中〟には、久女も含まれていようか。

「ははーっ」

一林斎は畏《かしこ》まって返答した。

光貞はそれを一林斎に下知するため、わざわざ増上寺への参詣を組んだようだ。さほどに光貞は、京の公家衆には気を遣っている。

帰り、一林斎は小泉忠介に、

「マキの死因、殿はお気づきのようじゃ。向後、慎重にとのことであった」

それだけを告げた。忠介は無言でうなずいていた。

一林斎は薬籠を小脇にかかえ苦無を腰に、日本橋から両国広小路に出て柳原土手で尾けてくる者がいないか気を配り、神田須田町に帰った。

「青松寺でのこと、ほんにようございました」

居間で話す一林斎に、冴はあらためて安堵したものの、

「したが、源六君の安寧と佳奈の行く末を思えば、畏れ多きことながら、光貞公のお言葉を忘れねばならないときもありましょう」

「ふむ」

一林斎は否《いな》とも諾《だく》ともつかないうなずきを返した。

「カカさま。あとでまた算盤《そろばん》の読み合わせをしてくだされ」

誰もいない待合部屋で習字をしていた佳奈が、居間に入ってきた。一林斎と冴は、佳奈に読み書き算盤も教え、

「――われらの後継として、やがて手裏剣や苦無の使い方ものう」

二人はときおり話し合うことがあった。

紀州より符号文字の文《ふみ》が届いたのは、増上寺での談合と数日違いに前後するものであった。大番頭の児島竜大夫からだった。

ハツを葬ったのは一林斎から符号文字で知らせたが、マキの死も、知らせずとも竜大夫も城代家老の加納五郎左衛門も、江戸藩邸からの大名飛脚で知っていた。その連絡事項のなかには、急に息を引き取ったようすまで記されていた。竜大夫も五郎左衛門もその死因を覚ったはずである。

文の冒頭には〝一読火中《なか》〟とあり、

――あと一鍼、躊躇する勿れ
催促の対象を、符号文字をそのまま通常の文字に直せば、

――女狐にも
一林斎は黙って文を火にくべた。

六

それらがあった卯月（四月）も末となったころだった。すでに夏を感じる日々がつづいている。イダテンが、

「先生！　急患！　急患ですっ」

叫びながら〝霧生院〟の冠木門に飛び込んだ。太陽がすっかり昇った時分だった。

待合部屋に二人ほどいた患者が驚き、腰を浮かせた。

一林斎はうなずき、療治部屋を冴にまかせ奥の居間へ移った。腰切半纏《こしきりばんてん》の職人姿で
イダテンは手拭で額や首筋の汗をぬぐいながら声を殺し、

「きょうです。すでに駕籠は上屋敷を発ち……」

「なんだって！」

一林斎は驚愕し、

「冴！」

呼んだ。

意気消沈し〝息がつまる〟日々を送っている源六こと頼方に、

「——たまには外の空気を吸ってみるのもよかろう」

光貞がみずから勧めたらしい。それがなんとも湯島聖堂だった。当代の綱吉将軍の最も好む場である。光貞にすれば外に遊ぶにも、頼方の行く末を思い、綱吉将軍の覚えをできるだけめでたくしておきたいとの思惑があってのことだろう。

「奥御殿での、儒学の受講の延長かね」

〝遊び場所〟を聞いた一林斎は皮肉ったが、そこに源六は要求を出したという。

「——柳原土手と両国広小路を見物したい」

なるほど神田須田町の筋違御門の西側二丁（およそ二百米）ほどのところに架かる昌平橋《しょうへいばし》を渡り、西へすこし進めば湯島聖堂である。筋違御門の手前の火除地の広場から、柳原土手は神田川に沿って東へ延び、その先が両国広小路だ。

この地形を、誰か教える者がいたのだろう。中間姿の氷室章助だろうか。しかし、五十五万五千石でしかも御三家の若さまがさようなところへ……だが光貞は、

「——配慮してやれ」

奥御殿に下知した。大名家の〝しがらみ〟のなかで、せめて許される親心か。

「駕籠は赤坂御門から外濠城内を進み、神田橋御門を出て町場へ……」

そこから神田川の昌平橋は近い。ということは、

（霧生院にも）

近い。

「わたしは駕籠の出立を見とどけてから走ってきましたので、一行はそろそろ神田橋御門に着くころでしょう」

イダテンは言う。そこで絹の羽織・袴を木綿の着物に着替え、お供の武士が幾人かついて、徒歩で筋違御門の火除地から柳原土手を両国広小路まで散策し、駕籠の一行は昌平橋のたもとで待ち、あらためて粛々と湯島聖堂に向かう算段のようだ。

源六はいまごろ権門駕籠の中で、和歌山城下で一林斎の目立たぬ警護のもと、佳奈と自儘《じまま》に町から村へ、海浜へと駈けめぐった日々を思い起こしていることだろう。窮屈なお供が幾人も付くとはいえ、町場の者とさして変わらぬ着物姿で外を歩くのは一年ぶりのことになる。

思えば江戸藩邸の奥御殿に入ってより、去年暮れの煤払いの日に屋敷を抜け出したのが、外の空気を吸った初めての体験だった。だがそのとき〝找《さが》しに出た腰元〟が一人〝毒虫に咬まれて〟落命した。以来、源六の気持ちは萎縮し、きょうの光貞のお声がかりの外出となったのだ。

「おまえさま。すぐにわたしが」

療治中の患者は途中で打ち切り、待合部屋の二人には午後に来てくれと頼み、冴は前掛にたすき掛けのまま下駄をつっかけ飛び出した。療治部屋と待合部屋の三人は、

「よほど急なケガ人か病人じゃろ」

「ここの先生、評判がいいからねえ」

言いながら帰った。

「組頭、いったいこれは？　源六君は、須田町は素通りですぞ」

一林斎と冴のあわてぶりにイダテンが不思議そうに言った。

「佳奈がなあ、町の遊び仲間といま、火除地へ遊びに出ているのじゃ。土手のほうかもしれぬ」

「あっ」

一林斎が応えたのへ、イダテンは声を上げた。

そういえば、待合部屋にも居間にも佳奈の姿がない。口には出さないが、佳奈と源六が江戸で顔を合わせてはまずいことを、薬込役の者なら心得ている。

「あっしも」

「いや。おぬしは佳奈が一人で帰ってきたときの用意に、ここで留守番をしていてくれ。新たな患者も来るかしれぬでのう。そうそう、それに」

大事なことを聞き忘れるところだった。

「その後、ハツとマキの後釜は入っておらぬか」

「ああ、それです。まだのようです。小泉どのは、だから光貞公は源六君が外に出るのを許されたのだろう、と」

イダテンも、思いがけない一林斎と冴の反応に、つい言い忘れるところだった。一林斎は苦無を腰に薬籠を小脇に、冠木門を出た。

ひとまず神田橋御門に向かった。

御門を出てすぐの割烹の前に、駕籠の一行はたむろしていた。駕籠に三つ葉葵の紋所が打たれており、すぐ紀州藩徳川家の一行と分かる。お供の武士や腰元、中間など、総勢三十人ほどだ。こんな行列を仕立てなければ外にも出られない源六の境遇を、

(おいたわしや)

一林斎も、よろこぶよりもいたわる気持ちが先に立った。

駕籠の一行は発ち、神田川の昌平橋の方向に向かった。陸尺《ろくしやく》の足取りから、駕籠は空のようだ。

「ほう」

一林斎はうなずき、通りの陰に身を隠した。出てきた。割烹で着替えの部屋を借りたようだ。髷は武家の前髪から、左右の鬢《びん》をふくらませた町家の前髷になっている。見るからに木綿の質素な着物に帯も腰紐のように細いが、表情は生き返ったように嬉々としている。脇差は帯びていない。

供の顔ぶれを見て安堵した。腰物奉行の小泉忠介が、一行の差配として袱紗《ふくさ》に包んで持っているのは、三つ葉葵のご紋が打たれた頼方の脇差であろう。ほかに藩士が二人、すこし離れて腰元が二人、身のこなしを見ると単なる腰元のようだ。これがハツとマキなら、人混みのなかでなんらかの仕掛けを試みるかもしれないところだ。

しかし、仕掛けの兆《きざし》はあった。

御高祖頭巾《おこそずきん》の若い女が、みやこ堂の暖簾をくぐっていた。久女が遣《つか》わした奥御殿の腰元である。イダテンがそれを見たとしても、なんら気にとめることはなかっただろう。扇を売る店に入る御高祖頭巾の女、きわめて自然な光景だ。しかし中は、商家にはない緊張に包まれていた。

「——お中﨟さまより。あす午前、若さまには湯島聖堂に赴《おもむ》かれ、途次に柳原土手と両国広小路を散策されるご予定。警護は家士の方々のみなれば、そなたらにはよしなにとのことでござりまする」

腰元は御高祖頭巾もとらぬまま口上を述べると、くるりときびすを返した。

「――あ、お待ちを」

腰を浮かせ呼びとめようとした番頭の連次郎の袖を、あるじの庄兵衛が引いた。

「――よせ」

腰元はふり返りもせず、暖簾の向こうに去った。

「――おかしら、いや、旦那さま。事前に策の談合は」

「――ふふふ。ハツとマキはすでにおらず、向こうさんにはいま手玉がないわい。よいしないなどとぬかしおって、どうぞご勝手にということじゃろ」

連次郎と庄兵衛は店場の板の間に座ったまま話した。

「――やりますか」

「――むろんじゃ。いかなる機も逃すなと、清風さまより言われておるでのう。去年の煤払いの日、事前に分かっておればいまごろはもう……」

庄兵衛は言葉を切り、

「――市太《いちた》を呼べ」

「――はっ」

商家の店場で庄兵衛は武家言葉になり、連次郎は片膝を立て手を床につき、復命した。頼方は人混みのなかに入る。庄兵衛の脳裡に、策はできたようだった。

きょうを迎え、朝からみやこ堂の雨戸は閉じられたままで、庄兵衛と連次郎はすでに出かけ、市太の姿も商舗にはなかった。小柄で一見、丁稚髷《でっちまげ》で十五にも満たない少年のようだが、歳は二十歳に近い。商舗では小僧の役を演じている。一林斎たちが紀州家の潜みなら、この三人は土御門家の潜みと言えようか。ただ、その存在に一林斎たちは気づいていない。

七

権門駕籠を捨てた一行は、筋違御門前の火除地に向かっている。一林斎を最も安心させたのは、質素な着物姿の源六にぴたりとついているのが武士ではなく、中間姿の氷室章助とヤクシだったことだ。憐み粉を撒くにはコツがいる。下屋敷から上屋敷にそれを運ぶのがヤクシで、受け取るのが章助であれば、

「――あの者どもも撒き方を会得《えとく》しておかねばなりますまい」

小泉忠介が進言し、藩の剣術師範が章助とヤクシに手ほどきをしていたのだ。もっとも二人は、剣術師範よりも憐み粉の扱いは長《た》けているのだが……。

それにまた、

「――頼方さまが町人姿になられれば、身近に随うのは武士よりも中間のほうが自然に見えましょう」

進言したのも小泉忠介だった。誰が聞いても得心できる意見だ。

こうして憐み粉をふところにした中間姿の章助とヤクシが、源六の左右を固めたのだった。和歌山城下でも、加納屋敷と薬種屋のあいだは章助がついていた。だからいっそう源六は、

「あのころと、おんなじじゃ」

と、気分が高揚しているのだろう。今年九歳となった源六の全身に、かつてなつかしい解放感を得たよろこびが溢《あふ》れているのを、一林斎は看《み》て取った。その姿を冴が見たなら、

『おいたわしや』

また言うことだろう。

その冴はいま、筋違御門前の火除地を右に左に走り、さらに柳原土手の人混みのなかに入っていた。

源六のことである。この人混みを見れば、それこそ〝わっ〟とかつての口ぐせが出

て飛び込んで行くだろう。

それまでに佳奈を連れ戻しておかねばならない。

その佳奈は町内の遊び仲間五、六人と、串団子が一本買えるほどの小遣い四文か五文を手に、団子を買おうかイカ焼きを買ってみんなで分けて食べようか、それとも見世物小屋に入ろうかと、あちらをのぞきこちらに走り、嬉々とした時間を過ごしている。源六と出会う可能性は高い。

簡単に見つかるものではない。柳原土手は火除地の広場から両国広小路手前の浅草御門まで、十六丁（およそ一・八粁《キロ》）にもわたってつづいているのだ。冴の額から幾筋もの汗が流れ落ちている。

見つけられなかったときのために、一林斎は源六に尾いている。周囲に目を配りながら、佳奈の姿を見つけたなら人混みにまぎれて二人が互いに気づく前に引き離さねばならない。

小泉忠介はすでに一林斎が近くに尾いていることに気づいている。互いにうなずきを交わし合った。佳奈のことではない。ハツとマキはいなくとも、江戸に潜む式神が来ていないか、

（見いだそう）

そのうなずきである。すくなくとも忠介はそう解釈した。忠介も章助たちも、佳奈がこの人混みのなかに出ていることを知らないのだ。

来ていた。みやこ堂庄兵衛と連次郎だ。権門駕籠を捨てた一行が火除地の広場に向から途次である。

「ん？　あれは」

「どうした」

不意に足をとめた連次郎に、庄兵衛は返した。二人ともお店者《たなもの》風を扮《こしら》えており、町場の通りに溶け込んでいる。

「うーむむっ。あの茶筅髷に軽衫《かるさん》の医者風体……」

連次郎はうなり声を上げ、煤払いの日、千駄ケ谷への樹間で見た人物と酷似していることを、立ちどまったまま早口に話した。

「えっ」

庄兵衛は低く驚きの声を洩らし、

「よし。他に仲間がいるかもしれぬ。それを確かめてからじゃ」

「はっ」

ふたたび二人は、頼方よりも一林斎の周囲に気を配り、歩を進めた。

煤払いの日のあと、樹間に見た医者風体を江戸中に找《さが》した。だが、見つからなかった。それをいま、見つけたのだ。

連次郎はもとより、庄兵衛も心ノ臓を高鳴らせた。

一林斎は苦無を腰に薬籠を小脇にかかえ、一行の十数歩うしろに尾いている。頬がゆるんでいる。源六こと頼方の肩から、期待に満ちた生気が伝わってくるのだ。源六の頼方は言っていた。

「章助、それにヤクシといったねえ。楽しき場所《ところ》はこっちか。匂いで分かるぞ」

屋敷を出れば、誰と言葉を交わしても誰に咎められることもない。中間姿の二人に言うなり、火除地のほうへ駈けだした。

「あっ、頼方さま。迷子にならぬよう」

「頼方？　わしは源六じゃぞ。そう、呼んでくれいっ、章助」

源六は立ちどまり、また走りだした。気分はすでに和歌山城下だ。

小泉忠介たち三人の武士も、それにつづく腰元二人も、

「あれれ。あのような頼方さま、初めてじゃ」

驚いたように走った。

火除地の広場に入った。

「わっ。わわっ」

果たしてしばし忘れていた口ぐせが出た。無理もない。佳奈も去年のいまごろ、和歌山城下のどこよりも数倍するこのにぎわいに歓声を上げたのだ。飴屋が太鼓を打ち屋台のイカ焼き屋がその香りを団扇《うちわ》であたりに撒き、はちまきを締め僧形《そうぎょう》の衣《ころも》を尻端折にした願人《がんにん》坊主が経を唱えながら踊っている。横ではたすき掛けの男が曲独楽《きょくごま》を披露し投げ銭を受け、市女笠《いちめがさ》で三味線をかき鳴らしている女もいる。

それらが火除地から土手のほうへとつづいている。源六の足も自然、

「章助、ヤクシ。もっと行ってみよう」

「はい、源六さま。この葭簀《よしず》のならび、ずずっとつづいておりますぞ」

章助とヤクシが案内するように、柳原土手の人混みへ入っていった。

右に左にきょろきょろと一丁（およそ百米）ほど進んだときだ。

「なんじゃ、あれは」

太鼓の音に女の嬌声が聞こえた。

矢場である。

「行ってみよう」

「あ、源六さま。あんなの、子供の遊ぶものじゃ」

人だかりのしている簀張りのほうへ走りだしたのを、章助が肩をつかまえた。ヤクシも源六の前で通せん坊をし、

「ほれ、向こうに風車売りがいますぞ。行ってみましょう」

これにはお供の藩士も腰元も驚いた。中間が〝若さま〟の肩をつかまえ、通せん坊をする。無礼討ちに相当する。

「むむっ、あの中間どもっ」

「なんてことを！」

藩士二人と腰元二人が駈けだそうとする。

「よいではないか。きょうは無礼講に」

それをまた小泉忠介が両手を広げて通せん坊でとめる。

「離せ、はなせっ。章助」

「なりませんぞ、わははは」

「あははは。章助」

ちょっとした騒ぎだ。源六は力ずくでとめられ、もがくのを楽しんでいる。このようなことは、屋敷の中ではとうてい味わえない。章助も和歌山城下の昔に戻ったようでヤクシまで、

「ほーれ、ほれほれ。通さんぞ」

おもしろがっている。

「ぬぬぬぬっ。やつら！」

藩士の一人が真剣な顔で刀に手をかけた。

腰元二人も、

「あぁぁ、若さまっ」

なんとも畏れ多い光景に、

「まあ、黙って見ていなされ」

忠介がなおもそれらを制止する。

すこし離れた人混みのなかから、

（ふふふ。存分に楽しまれい、源六さんよ）

一林斎は目を細めたが、

「うっ」

瞬時、緊張した。近くに子供の歓声が……そこに、

「佳奈ちゃーん、待ってよ」

聞こえたのだ。

声のほうへ目をやった。十数歩のところだ。

「川原で食べよう。川原、かわら」

串に刺したイカ焼きを二本、佳奈が両手に持って大人たちのあいだを縫うように駈け、三、四人の女の子と男の子が追いかけている。みんなの小遣いを合わせ、串団子よりもイカ焼きを買ったようだ。

冴はいずれかで気づかぬまますれ違い、さらに先へ進んでいるようだ。

すぐ近くの矢場の前では、

「あははは、離せ。見たいぞ、見たいぞ」

「ならぬ、ならぬ」

もがく源六を章助がうしろからつかみ、ヤクシが前から両手で押さえ込んでいる。

傍目には小禄の旗本のせがれが中間とじゃれ合っているように見える。

「うっ？」

源六の動きがとまった。聞こえたのだ。佳奈を呼ぶ声だった。

（まずい）

一林斎は佳奈たちの一群に走ろうとした。

が、

（ここで儂が出ては、かえって目立つ）

とっさの判断だ。

佳奈は一林斎に気づかないまま、人混みの向こうに中間と揉み合っている源六を見た。ほんの瞬間、ちらと……。藩士と腰元たちの背が楯になり、見えなくなった。

「佳奈ちゃん、川原、川原。ほれ、そこから」

佳奈と同い年くらいの男の子が、簀張りと簀張りのすき間にどんと押した。抜ければ川原だ。

「そうそう、そこからっ」

女の子が二人、すき間に押し込まれた佳奈に、男の子ともどもつづいた。

もう見えない。

この瞬時のできごとに小泉忠介は気づいた。声とともに、佳奈の姿も見た。一林斎が尾いてきた理由《わけ》を、ようやく覚った。二人はふたたび視線を合わせてうなずきを交わし、一林斎は佳奈たちのあとを追い、二本差しの忠介は、

「さあさあ、この先はもっとつづいておりますぞ。両国広小路はまだまださき」

ふざけ合いながら先をうながした。

「両国の広小路には、芝居小屋もありますぞ」

「えっ、芝居！　見たい、見たいぞ」

子供たちばかりの一群は川原に下り、源六の一行は矢場の前から先に進んだ。

「ふーっ」

一林斎は簀張りの陰で大きく息をついた。

「いったい、なにがどうなっているのだ」

「はて、まったくわけが分かりませぬ」

人混みのなかから一林斎の背を捉《とら》え、首をひねった男が二人いた。朝から権門駕籠を尾けていた、みやこ堂の庄兵衛と連次郎だ。この〝お店者〟たちは、佳奈の存在をまったく知らない。源六こと頼方が町場をかくもよろこぶ理由も知らない。

だが火除地のころより、

「供の者は武士三人に腰元二人、それにあの医者風体のみのようだなあ。なんと手薄なことよ」

「そのようで」

それだけは慥《しか》と看《み》て取っていた。

加えて庄兵衛と連次郎は、さらに不思議な光景を目にした。医者風体の者が一行から遠ざかり、来た道を返しはじめたのだ。

二人は首をかしげ、人混みのなかからその背を見つめた。

八

佳奈が勢いよく、

「ただいまーっ」

〝霧生院〟に帰ってきたのは、太陽が中天にさしかかった時分だった。

一林斎は療治部屋でイダテンと話し込んでいた。佳奈たちが火除地の広場に戻ったとき、先まわりをして帰っていたのだ。

「あれ、カカさまは？」

「ああ、産婆さんの仕事でな。午《ひる》には遅れるかもしれんなあ」

「うん、いいよ。わたし、おなか空いていないから」

「ほう。なにか食べてきたか」

「イカ焼き。川原に下りてみんなで。おいしかったあ」

庭先から療治部屋に向かって言う。

「それじゃ先生。あっしはこれで。佳奈ちゃん。水桶の鍼、上手になったろうなあ」

「はい」

イダテンは佳奈にも声をかけ、腰を上げた。

矢場の前での話を聞き、

「――ならば、あっしがちょっと行って冴さまに知らせてきやしょう」

言っていたのだ。

イダテンが庭へ降りると、佳奈が入れ代わるように療治部屋へ上がり、

「トトさま。さっき柳原の土手で不思議なことが」

立ったまま話しだした。

一林斎は鍼の手入れをしていた手を休め、

「不思議？　なにが」

「土手の人混みのなかに、源六の兄《あに》さんを見たような気がして」

真剣な表情だった。

「あはは、佳奈よ。源六は和歌山じゃぞ。さあ、カカさまが戻るまで、水桶で鍼の練習でもしていなさい」

「うーん、でも。すぐそばにお侍やお女中さんもいたと思ったけど」

佳奈は首をかしげながら奥の台所に入った。

庭に降りたイダテンは、佳奈のなにやら訴えるように言っている声を背に、冠木門を出ようとし、

（おっ）

柱の陰に身を引いた。向かいの大盛屋から、見覚えのある顔が出てきたのだ。さいわい、男はイダテンに気づかなかった。みやこ堂の連次郎だ。

（なぜあそこの番頭が……？）

イダテンは不思議に思い、連次郎が神田の大通りに出て筋違御門の火除地のほうへ足早に向かったのを確認すると、

「へい、御免なすって」

大盛屋の暖簾をくぐり、いましがた暖簾を出た三十がらみの〝お店者〟のようすを訊いた。果たして連次郎はめしを喰いに来たのではなかった。

柳原土手でみやこ堂庄兵衛は、来た道を返す医者の背を目で追いながら、

「――おまえはやつの塒《ねぐら》を突きとめよ。近くならすぐ戻ってこい。市太はすでに用意ができているはず。仕掛けるぞ」

「――承知」

連次郎は一林斎を尾け、その背が〝霧生院〟に入るのを見とどけ、向かいの一膳飯

屋に聞き込みを入れたのだった。

「お向かいの霧生院さんのことをよ、住まっているのは何人か、ここに来てから古いのかなどと根掘り葉掘り訊きやがるもんでね。古かねえが、この町にゃなくてはならねえお人だって言ってやったよ」

大盛屋のおやじは霧生院によく来るイダテンに快《こころよ》く話した。

「おう。ありがとうよ」

イダテンは笑顔を返したが暖簾を出るなり、

(みやこ堂が式神⁉)

表情が険しくなった。番頭の連次郎は〝霧生院〟の聞き込みを入れ、しかも火除地のほうへ急いだ。

「霧生院の先生！」

イダテンはふたたび冠木門に駈け込んだ。

「なんと！」

話を聞き、一林斎も驚愕した。

「確かめねばならぬ。行くぞ！」

「へいっ」

「いや。おぬしはここにいてくれ」

「えええ！」

イダテンの気はすでに昂《たかぶ》っていたが、

「佳奈を」

「へ、へいっ」

役務を解した。〃敵〃は此処《ここ》をすでに知ったことになる。

「みやこ堂の数は三人。お店者風の庄兵衛、連次郎、小僧の市太。得物は知れず」

苦無を腰に薬籠を小脇にかかえた一林斎に、イダテンは口早に告げた。

「どうしたの？」

奥から佳奈が出てきた。一林斎はすでに庭に降りていた。

「佳奈ちゃんのトトさまは忙しいなあ。また急患じゃて」

イダテンが佳奈に言うのを、一林斎は背に聞いた。

柳原土手にとって返した。走れば目立つ。しかし急がねばならない。人混みをかき分けた。

源六こと頼方につき添う一行は、ハツやマキではない男の式神がついていることに気づいていない。どこから見ても、子供に随ったのどかな市井《しせい》の探索風景だ。

「やっぱり、気のせいかなあ。確かに、佳奈を呼ぶ声だったが」

柳原土手の人混みのなかで、源六は言っていた。矢場の前での件で、中間二人と源六のあいだはすっかり無礼講となり、お供の藩士も腰元も、もう目くじらを立てることはなかった。とくに章助とのあいだには、和歌山城下の日々が戻っていた。

「薬種屋の佳奈ちゃん？　あははは。あの商舗《みせ》は和歌山城下ですぞ」

「うん、そうだけど。確かに……佳奈……と、誰だったのだろう」

「大勢の人の声がここには入り混じっております。さあ、広小路はもっと先ですぞ」

「やっぱり気のせいかなあ」

章助と源六の会話に、背後に尾いている小泉忠介は、

（それでよい。組頭にも、危ないところだったわい）

ホッとした思いになっていた。

「おう、そこの中間さんと一緒の坊《ぼん》、子供の羽織もあるぞ」

風呂敷一枚が商舗の行商人が声をかけてきた。

「ああ、帰りにまた寄るよ」

源六こと頼方の受け応えに、

「まっ、頼方さまったら」

「このほうが、お似合いじゃ」

腰元二人は目を丸くした。二人の藩士も含め無礼講の気分になったか、互いに柳原土手のにぎわいを楽しみはじめたようだ。

(源六君はどこだ。それに冴は)

一林斎は人混みをかきわけ、歩を進めた。もし戦いとなったとき、人混みのなかで人知れず戦わねばならない。至難の業だ。イダテンを〝霧生院〟に置いておかねばならなかったのは痛いが、冴がおれば戦力になる。

「あ、おまえさま!」

目が合ったのは、二人同時だった。

――源六君は広小路に
冴は目で語り、

「佳奈は帰った。伊太《いた》をつけておいたが」

――式神が出ておる
一林斎も声とともに目で語り、あとは互いに近づき低声《こごえ》をつくった。

「えっ」

「数はおそらく男三人だ。源六君は広小路のどこだ」

「軽業一座の小屋」

「えぇえ。ともかく行くぞ」

「はい」

二人は急いだ。

筋違御門の火除地にまさる広さとにぎわいだ。

「わっ、わわ」

柳原土手を過ぎ、両国広小路に入ったとき、また源六こと頼方は声を上げた。

芝居小屋もあり、軽業一座の呼び込みが源六の気を引いた。

「入ろう」

「いいでしょう。私が責を負う」

腰物奉行の小泉忠介の言葉とあれば、他の二人の藩士も腰元も安心し、

「――さあ、入りましょうぞ」

中間姿の氷室章助とヤクシが木戸銭を払い、一行を先導した。

ここで無理やり引き返し、湯島聖堂などに行ったならどうなる。源六はほかの若や姫たちと違い、和歌山城下で不羈奔放《ふきほんぽう》に佳奈と遊び、町場の商舗にならんでいる品を手に入れるにも屋台で蕎麦をするにも、銭《ぜに》が必要という世の仕組を学んでいる。古着屋や古道具屋のならぶ柳原土手なら、九歳ともなれば着ている羽織や袴を金子《きんす》に替えることはできる。それくらいの知恵はきょうのお忍びで学び取っている。

(――土地勘もすでに得て、下屋敷に向かったときと同様、いつまたするりと)

考えられることだ。

それを防ぐには、

(――きょう一日を、心残りのなきまで堪能していただく)

小泉忠介は判断したのだ。

その軽業一座の小屋に一行が入るのを、冴は見たのだった。

一座の莚《むしろ》掛《が》けの周辺はもとより、広場の隅にはぐるりと簀《よしず》張《ば》りの天麩羅《てんぷら》屋に蕎麦屋、団子屋、さらに茶店などがひしめき、広場をそぞろ歩く男や女、武士や町人に呼び込みの声を上げている。簀で囲んだ一角に縁台を出している店もある。

すでに一林斎の顔は〝敵〟に知られた。広場に入ってすぐの茶店の、それも外から見えにくい簀の奥の縁台に座を取った。源六たちの入った一座の小屋が、広場をとおしてほぼ向かいに見える。

冴が広場をゆっくりと一巡し、イダテンの言ったお店者風二人と小僧一人の組み合わせを找《さが》した。見当たらない。顔を知らないのだから、見落としているのかもしれない。三人の顔を知っているイダテンを、〝霧生院〟に割いておかねばならなかったのはなんとしても痛い。戦力も足りない。だからといって小屋の中につなぎを取り、藩士や腰元たちの見ている前で小泉忠介はともかく、中間姿の章助やヤクシを戦力として駆り出すわけにはいかない。

冴はさらに找した。一座の小屋の木戸番に、いまやっている演目のはねる時間を訊いた。これより一刻（およそ二時間）ほどだった。このあいだに、決着をつけねばならない。

一林斎の前の縁台に、女が二人座った。町家のおかみさん風だ。お茶を飲み、煎餅を食べ、柳原土手で古着を値切りたおして買った〝戦果〟を、自慢するように大きな声で話しだした。

「でも、あの川原さあ」

その声が急に小さくなった。

「ん？」

一林斎は聞き耳を立てた。

——病犬《やまいぬ》
の一言が聞こえたのだ。

神田川の川原を丁稚髷に前掛をした小僧が犬を二匹、大事そうに散歩させていたという。紐でつないで散歩していても、周囲の者は粗相《そそう》があってはならないと気をつけなければならない。なかには犬をけしかけ他人を脅すよからぬ者もいるのだ。

一林斎はハッとした。

病犬をけしかける……土御門家の手法の一つだ。かつて和歌山城下で、百姓女に扮《こしら》えた式神が、野に遊ぶ源六や佳奈たちにけしかけようとしたことがあった。

（それをここで！）

大変な騒ぎになる。直接襲わせなくとも、軽業一座の演目がはね、見物人たちが小屋からゾロゾロと出てきたところへ、

『病犬だ！』

一声叫び、人々の逃げまどうなかに必殺の猛毒を源六に……可能だ。その場から逃げるのも……容易ではないか。一林斎もかつて六郷の渡しで、久女たちに毒を塗った撒菱を踏ませたのだ。戦慄《せんりつ》が胸中に走る。

「卒爾《そつじ》ながら」

一林斎は縁台の女二人に声をかけた。

「あれー。あなたさま、そのいで立ちはお医者さまかね」

「いかにも。さきほど……」

一林斎は縁台に腰かけたまま、上体を前にかたむけ声を殺した。

「病犬と聞こえたが」

「そうさね」

女たちも一林斎に上体をかたむけ、声を低めた。

「小僧さんが犬の散歩で二匹も」

「それが、よだれを垂らして、よく聞く病犬の症状さね」

「お手前さま、お医者さんなら、なんとかなりませんかね。人が咬まれたら、いったいどんなことに」

女二人は代わるがわるに言う。もちろん、川原の場所も聞いた。柳原土手が両国広小路に変わる浅草御門の近くだった。水の流れはそこを過ぎ、柳橋《やなぎばし》の下をくぐって大川（隅田川）にそそぎ込んでいる。いま座っている茶店からも近い。

「おまえさま。どこにも……」

冴が戻ってきた。やはり顔を知らぬでは、見当をつけられなかったようだ。

「あれー、ご新造さまかね。さっきも話してましたのさ」

「恐ろしいお犬さまのことさね」

「しっ」

女たちの声が大きくなりかけたのへ、一林斎は叱声をかぶせた。女たちもハッとしたように声をとめた。お犬さまへの非難は、ご政道への非難となる。諸人はただ戦々恐々となり、土御門家の式神たちはその世相を利用しようとしているのだ。

(ならば)

一林斎はひらめいた。

「冴、行くぞ。川原だ」

「あれ、お医者さま。行ってくださるかね」

「人助け、お願いしますよ」

女二人は言う。他人任《ひとまか》せではない。庶民にできる、それが精一杯の善意なのだ。

一林斎が縁台から腰を上げ、簀を出たところへ、

「おっと、ここでしたかい。おっ、ご新造さんも」

声はなんとイダテンだった。茶店の場所が、柳原土手から広場に入ってすぐのとこ

ろだったのがよかったようだ。職人姿のまま息を高めており、急ぎ来たようだ。

「佳奈はどうしている！」

とっさに質《ただ》した一林斎に、イダテンは職人言葉で、

「町内の遊び人で留左《とめざ》ってのが来やして。佳奈ちゃんがなついていたもんで、へい、こっちのようすがどうも気になりやして。向こうさんの面《つら》を知っているのは、あっしだけなもんでやしょ。大盛屋で佳奈ちゃんと一緒に霧生院のツケで昼めしでも喰ってきねえ。患者が来たら、先生もご新造さんもすぐ帰《けえ》ってくるから、そのまま待合部屋で待ってもらっておきねえと言って。おめえさんも佳奈ちゃんと一緒に留守番していてくんねえと頼みやしてね」

適切な処置だ。町の者が一緒なら、式神に襲われることはあるまい。

「それで、佳奈と留左さんはいかように？」

「昼めし分の何倍も、留守居と佳奈ちゃんのお守りをさせていただきやすぜ。ついでに庭の草でも引いておきましょうかいなどと」

冴の問いにイダテンは応え、

「ともかく気のいい遊び人でござんすねえ、留左ってのは」

「そう、それでいい。ついて来い、行くぞ」

「えっ、どこへ」

一林斎から薬籠を受け取りながらイダテンは言った。

「川原だ。状況《わけ》は行きながら話す」

「あれー、職人さんが薬籠持かね」

「さすが、町のお医者さん」

縁台のおかみさん二人の声を背に聞いた。

呼び込みの声が飛び交う繁華な広場の、ほんの一角でのやりとりだ。縁台のおかみさんたち以外、気にする者も注視する目もなかった。

九

一林斎の脳裡にはひらめいていた。敵はお犬さまで混乱を起こし、そのなかで決着をつけようとしている。ならば、

(先にこちらから騒ぎを起こし……)

軽業一座の演目がはねるまでに決着をつけるしかない。

そのためには犬を散歩させているのが、みやこ堂の者でなければならない。

柳原土手に戻り、一林斎から急を聞かされた冴は、

「おまえさまを尾け、須田町に探りを入れたのなら、土御門家の式神に違いありませぬ。療治処を知られたからには……」

一度言葉を切り、

「すべて斃さねばなりませぬ」

佳奈の前では見せない、険しい表情になった。

衆人環視のなかで、殺しとは気づかれずに殺《あや》める……これほど至難の業はない。

イダテンも緊張の面持ちになり、

「ともかく、確かめやしょう」

立ちならぶ古着屋や古道具屋の陰から、そっと川原に目を凝らした。昼どきだ。川辺におりて弁当をつついている男や女の姿が点々と見え、佳奈たちもそうであったように、石を川面に投げて遊んでいる子供たちもいる。それらの動きから、隔絶された箇所があった。犬だ。二匹……野犬ではないが、あきらかに川原でくつろぎ、遊ぶ者たちから敬遠されている。

「間違いありやせん。犬の紐を握っているのがみやこ堂の小僧の市太、その近くに立っているのがあるじの庄兵衛と番頭の連次郎でさあ。やつらめ、やはり式神でしたか

い。気づかなかったとは、迂闊《うかつ》でやした」

低く言ったイダテンの声はかすれていた。

「ふむ」

一林斎はうなずいた。冴が軽業一座の木戸番に時間を訊いたように庄兵衛たちも訊き、それまで川原で待機しているのであろう。

しかも、広場の茶店で隣り合わせた、おかみさん二人の目は確かだった。

「二匹とも病犬だな」

一林斎の声もかすれていた。

二匹ともよだれを垂らし、小柄だが獰猛《どうもう》にみえる。それを御《ぎょ》している小僧の市太など、決して小僧などではない。和歌山城下での〝くノ一〟と同様に、犬を御する技《わざ》を秘めているようだ。それが小僧に化けるとは……。それに、江戸のどこで飼っていたのか。いまさらながらに土御門家の得体の知れない力に、戦慄を覚えざるを得ない。

だが、

「イダテンさんが気づかなかったこと、かえってさいわいです。向こうも、イダテンさんが薬込役とは気づいていないことになりますから」

言う冴の脳裡は、すでに一林斎の立てた策へ踏み込んでいる。敵は、悠然と時の過ぎるのを待っている。

一林斎は言った。

「用意はいいか。行くぞ。病犬も逃がしてはならぬ」

冴とイダテンは無言のうなずきを返した。それぞれのふところには、策に必要な得物が入っている。憐み粉のような生易しいものではない。手裏剣に三寸（およそ十糎《センチ》）鍼も……先端には、傷口に入ればたちまち全身が弛緩《しかん》し死にいたる安楽膏を、その場でさきほど塗った。さらに油紙に包んだ、安楽膏を混ぜた魚肉……広場で焼き魚を買い、いまつくったところだ。

職人姿のイダテンが、ゆっくりと川原に下り、そのすぐあとに冴がつづいた。

周囲から迷惑がられ、隔絶されたなかに、

「おっ。印判の伊太さん!?」

職人姿と町家の女房風の女が近寄るのに〝番頭〟の連次郎が気づいた。

「ああ、やっぱりそうでしたかい。土手のほうからつい見かけたもんでして」

愛想よく三人に近づき、

「お犬さまを飼っておいでだったので？　町内なのに、気がつきやせんでしたよ」

「い、いや。これは」

思わぬ知り人が現われたことに連次郎は口ごもり、

「その、うしろの女性《にょしょう》は？」

さすが〝あるじ〟か、庄兵衛は落ち着いた口調を、吐息がかかるほど近づいたイダテンに投げ、一歩退いた。

戦いはすでに始まっている。

「へえ。あっしの知り人で、ちょいとばかりお犬さまの病に詳しいお人で」

「なにぃ」

二匹の犬から冴を遮《さえぎ》るように連次郎が一歩踏み出した。

「あらあら、そのお犬さま。ようすがちょっと」

言いながら犬に近づく冴に、丁稚髷に前掛姿の市太は狼狽の態をみせ、

「よ、寄るな！」

犬の手綱を持ったまま、うしろへ下がろうとする。

川原に出ていた者が幾人か、犬の周辺が動きだしたことに注目しはじめた。

「まっ、これは！　病犬!!」

「なんだって！」

冴の言葉にイダテンがすかさずつなぎ、

「おぉおう、皆の衆！　ヤマイヌ、病犬ですぞーっ」

「な、なにを言う！」

突然叫びだしたイダテンに連次郎は狼狽し、

「よ、よさんかっ」

「ヤマイヌーッ！　病犬ですぞーっ。気をつけなされーっ」

声は土手のほうにも聞こえた。簀の陰にいた一林斎はおもてに飛び出し、

「逃げてはならん！　逃げればかえって飛びかかってくるぞーっ」

叫び、

「水だーっ。莚《むしろ》、莚もだーっ」

「おぉー」

あちこちから声が上がる。

病犬に限らず、野良犬が露店や飲食の店ににおいを嗅ぎつけたとき、棒で叩いたり蹴ったりすれば百敲《ひやくたたき》か遠島が待っている。諸人は連携していた。老舗《しにせ》も露天商もみな申し合わせたように、店先へ常に水桶と柄杓《ひしやく》、莚を用意しているのだ。

「川原だーっ」

一林斎は川原のほうへ駈けた。茶筅髷で軽衫に筒袖が走る。一見して医者である。

こうしたとき最も頼りになる存在であり、人を動かすにも説得力がある。

川原では不意に起こった騒ぎに病犬二匹が唸り暴れだし、

「わぁ、こら。暴れるなっ」

丁稚髷の市太が懸命に二本の紐を握っているが、すでに制御できなくなっている。紐を離せば誰に飛びかかるか分からない。市太は早くも腕を咬まれたか血を流し、顔面蒼白となっている。もう助からないだろう。

イダテンと冴は犬に向かい身構えた。最も効果的な防御である。ますます興奮する病犬二匹に、庄兵衛も連次郎ももはや近づくことはできない。腰を落としあとずさりをしながら、

「きさまら!」

「いったい!」

庄兵衛に連次郎はつづけた。

——ウウウウッ
——ワワンッ
周囲のどよめきが、病犬をさらに興奮させる。そこへ一林斎の姿が見えた。

「おぉおっ」

「まさかっ」

声を上げ狼狽の態となったのは庄兵衛と連次郎、同時だった。この場にいるはずのない〃薬込役〃が現われたのだ。

その刹那だった。身構えていた冴とイダテンが向きを変え、ふところに手を入れ飛翔した。

冴は庄兵衛の横をすり抜けざまに魚肉片をその袂《たもと》に押し込み油紙を破り、つまずき前のめりになったふりをして腕を大きくふり、市太に手裏剣を打ち込んだ。助からない市太に、安楽膏を打ち込んだのはむしろ情けであったろうか。

イダテンは連次郎の袂に魚肉片を押し込み油紙を破るなり、一度たたらを踏んでふり返り、三寸鍼を連次郎の脾腹《ひばら》に送り込もうとした。が、さすがに式神か連次郎は反射的にその手首を取り、鍼の切っ先を防いでいた。

見ている者には、たすき掛けに前掛姿の女が身の均衡を取ろうと手を空《くう》に泳がせたように映り、職人姿の男は犬から逃げようとしてぶつかった相手を健気《けなげ》にも支えようとし、男もまた職人姿にすがったように見えた。

首筋に手裏剣を打ち込まれた市太は、

「うぐっ」

犬の紐を離した。二匹は大きく吠え庄兵衛と連次郎に飛びかかった。魚肉のにおいがするのだ。

「おぉっ」

庄兵衛は地に崩れ尻餅をつきながらも、

「やむなしっ」

ふところから引き抜いた匕首《あいくち》の切っ先を犬の首筋に突き立てた。残された唯一の防御だった。

――キュン

犬は仰向けになった庄兵衛の上へかぶさるように崩れ込んだ。

これらの動きに逃げる者、駈け寄る者たちは一瞬身を硬直させ、

「ひーっ」

悲鳴も聞こえた。眼前でお犬さまが殺されたのだ。

連次郎は、犬による思わぬ攻撃を防ぎ得なかった。腕に咬みつかれていた。

「かかる策だったかぁっ」

犬を腕にぶら下げ激痛に顔をゆがめ、ふり払おうとする連次郎の身を、イダテンが支えている。無防備だ。連次郎は刹那、腕よりも腋《わき》に、

「これは！」

チクリとした痛みを感じた。

「ふーっ」

イダテンはようやく息をつくことができた。だが、まともに渡り合っていたなら、

（危《あや》うい相手）

覚えざるを得なかった。

一林斎はそこへ飛び込んだ。連次郎の腕に咬みついた犬の背を苦無の切っ先が薙《な》いだ。毛皮に一筋の血の線が走った。駈け寄り間近に見た者の目には、職人姿に支えられ犬と格闘するお店者の前を、茶筅髷が走り過ぎたようにしか見えなかった。

連次郎と犬はもう助からない。

一林斎が苦無をかざし走り込んだのは、庄兵衛が息絶えた犬をはねのけ、立ち上がったところだった。

「大丈夫かあっ」

一林斎の声は大きかった。莚や水桶を手に駈けつけた面々にははっきりと聞こえた。

左手で庄兵衛の身を支え、差しのべた右手には苦無がある。切っ先が首筋に当たり、

「うっ」

「引っ掻いたような傷をつくった。切っ先には安楽膏が塗られているうえに、病犬の血も付着している。庄兵衛の首筋にも血が滲《にじ》んだ。病犬の牙を脱した一瞬の安堵を、一林斎に突かれたのだ。

「そ、そなただったか、薬込役の、組頭!?」

吐いた言葉は、式神ならば、

(もう助からぬ)

その認識でもある。数呼吸のちには毒素がまわり、効き目があらわれる。

「おっ」

一林斎は飛びのいた。庄兵衛は自力で立っている。手に、犬の首に差し込んだ匕首とは異なる、三寸鍼に似た刃物が持たれていた。心ノ臓を一突きにできる。源六に刺し込むつもりだったのだろう。だが庄兵衛の身は、一林斎の動きに合わせ踏み込む瞬発力を失っていた。ただ、一林斎の表情を見つめた。式神の、鋭い視線だった。

(こやつ本来なら、手練《てだれ》!)

一林斎は背筋に、冷たいものが走るのを感じた。

水桶を、また莚を手に駈けよってきた者たちの多くは簀張りや風呂敷一枚の商人たちだったが、そぞろ歩きの買い物客や往来人たちも混じっている。誰に指図されているわけでもない。反射的に駈け、陣形をととのえていた。犬と人間の活劇の場をぐるりと莚の壁で囲み、水桶を持った者は、

「中の人ー、早う逃げなせえっ」

「早う！　早う！」

叫んでいる。それらの行動と声は、五代綱吉将軍の〝生類憐みの令〟への、庶民にできる唯一の抵抗である。

周囲の声に、息切れしたように両手を地についていた冴は、

「大丈夫っ」

起き上がるなり茫然と立っている市太に走り寄り、両手で肩を支えるなり素早く首筋の手裏剣を抜き袂に収め、

「さあ」

莚壁のほうへ引いた。

連次郎もまだ息はあり、立っている余力もあった。だが、身をイダテンに支えられ、

「さすがよ」

腕に咬みついていた犬をふり払い、最後の力をふり絞ったか、

「えい！」

なおも向かってくる犬を蹴った。

——キュン
犬は一声鳴きその場に倒れたがまた起き上がり、

——ウウウウッ
連次郎に向かって唸り声を上げる。だが、力が弱まっている。安楽膏に連次郎の蹴りが効いたようだ。

「早う逃げなせえっ」

水桶を持った男が莚壁から飛び出し、犬に水をかけた。水桶の用意はこのためだった。さらに一人、二人、犬に水を浴びせる。犬はたじろぎ、倒れた。

「おおぉぉぉ」

周囲の者は感嘆と恐怖の入り混じった声を上げ、一気に莚壁をせばめ、二匹の犬を押し囲んだ。一匹はまだ息がある。

「気をつけろ。病犬だぞ」

一林斎の声に莚を持った男や女はたじろいだが、

「かぶせろ！」

「おおぉ」

犬に莚をかぶせ、押さえ込んだ。

同時に、みやこ堂の三人はそれぞれ冴、一林斎、イダテンに支えられたままよろよろと崩れ、

「おっとっと」

周囲の者が駈け寄り、

「この人らぁ、気の毒にぃ」

「咬まれなすったなぁ」

いかにも憐れむように数人で抱きかかえた。

陽はすっかり西の空にかたむいていた。

両国広小路の軽業一座の小屋では、三味線や太鼓に合わせた綱渡りに玉乗り、輪くぐり、宙返りなど一通りの演目が終わったところだった。

「すごい」

「とても人間業とは思えませぬ」

興奮状態なのは源六こと頼方よりもむしろ二人の腰元たちであった。もちろん頼方も、初めて目にする芸に見入り、堪能していた。

一行が柳原土手に引き返したとき、川原の騒ぎは収まっていた。だが、

(なにやらあったような)

雰囲気に小泉忠介と中間姿の章助とヤクシは気づいたが、往来の者に訊くことは敢えて控えた。迫る気配をなんら感じなかったからだ。

空駕籠を擁した一行は、筋違御門のすこし上流にある昌平橋のたもとですっかり待ちくたびれていた。

一同は小泉忠介たちの戻ってきたのを見るとホッと息をついていたが、これから湯島聖堂に向かえば帰りはすっかり暗くなった時分となる。

「ここで引き返すぞ」

源六こと頼方は言った。これには小泉忠介を含めお付きの者全員が驚いた。頼方がそっと小泉忠介に言った言葉が、すぐそばにいた腰元二人にも聞こえた。

「なあ、きょう一日、わしが聖堂に行かなかったなら父上はお叱りになろうが、聖堂へ行かせるため、また出してくれようからなあ」

「まあ、頼方さま。つぎもわれらに是非お供を」

「そうじゃ、そうじゃ。こんどはどこを散策なされる」

腰元二人はまだ軽業小屋の興奮から抜け出ていないようだ。

「これ、そなたら」

小泉忠介はたしなめたが、顔は笑っていた。


犬二匹が殺され、人間三人が死んだのだ。大事件である。だが、大事には至らなかった。

お忍びの若君を擁した一行が柳原土手を引き返したとき、一林斎ら〝事件〟に関わった一同は柳橋に近い自身番にいた。その数は多く、出入り口から往還にまであふれていた。土地の岡っ引も、奉行所からは同心も出張ってきていた。

証人は多い。つないでいた犬二匹が急に暴れだして飼い主らに咬みつき、それを助けようと須田町の鍼灸医らが走り込み、犬を殺した飼い主らはすでに咬まれて死んでいる。

犬医者も呼ばれたが、犬の症状を聞き〝病犬〟と断定した。

同心も岡っ引も胸をなで下ろした。自身番に集まった全員がそうであった。飼い主らが病犬を殺さず、柳原土手や両国広小路に逃げ込んでいたなら、どのような惨事が出来《しゅったい》したか。

「よくぞ飼い主みずからがおのれを犠牲に、始末してくれたものよ」

同心はそっと言い、岡っ引もうなずいていた。

一林斎と冴も、そっと胸をなで下ろした。病犬に咬まれ症状が出るのは一月《ひとつき》ほど経てからであり、さらに脱水症状になりその者も病犬のようによだれを垂らし、苦しみは十日ほどもつづいてから悶死するという知識は、庶民にも犬医者にもない。諸人が知っているのは、咬まれれば絶対に助からないということのみだった。

目撃者の誰もが、飼い主ら三人の死因は病犬に咬まれたためと信じて疑わない。一林斎とて経験から症状の出るようすを一応知ってはいたが、確実なところは知らない。ただ、誰もが知らないことを利用した〝策〟であれば、それを見破れる者も誰もいない。それを知っていたのだ。

事態は柳橋の自身番で一件落着とされ、一林斎と冴が須田町の〝霧生院〟に戻ったのは、陽が落ちるすこし前だった。

あまりにも帰りが遅かったので、佳奈も留左も蒼ざめるほどに心配していた。実際に蒼ざめていた。佳奈は一林斎と冴の顔を見るなり泣き出し、留左は、

「あっしの留守居と佳奈ちゃんのお守り、役に立ちましたかい」

「おぉ、立ったとも」

「留さんのおかげで、安心していいお仕事ができましたよ」

一林斎と冴に言われ、

「いょっほー」

飛び上がってよろこんでいた。

その夜だった。

淡い行灯の灯りのなかに、佳奈の寝顔が浮かんでいる。

一林斎と冴は、忍ぶように話していた。

「おまえさま。源六君はお血筋であるがゆえに、お命まで……お可哀相でなりませぬ」

「そうよのう」

「だから、せめて佳奈だけはわたくしたちの……それが佳奈の仕合わせに……」

「分かっておる。なれど、佳奈は源六君の……」

「ああ、おまえさま。それを言わないでくださいまし」

冴は淡い灯りのなかに、佳奈の寝顔に見入った。一林斎もまた、日に日に由利に似てくるその寝顔から、視線を離すことはできなかった。

隠密家族

一〇〇字書評

切り取り線

購買動機（新聞、雑誌名を記入するか、あるいは○をつけてください）	
□（　　　　　　　　　　　　　）の広告を見て	
□（　　　　　　　　　　　　　）の書評を見て	
□ 知人のすすめで	□ タイトルに惹かれて
□ カバーが良かったから	□ 内容が面白そうだから
□ 好きな作家だから	□ 好きな分野の本だから

・最近、最も感銘を受けた作品名をお書き下さい

・あなたのお好きな作家名をお書き下さい

・その他、ご要望がありましたらお書き下さい

住所	〒				
氏名		職業		年齢	
Eメール	※携帯には配信できません	新刊情報等のメール配信を 希望する・しない			

この本の感想を、編集部までお寄せいただけたらありがたく存じます。今後の企画の参考にさせていただきます。Eメールでも結構です。

いただいた「一〇〇字書評」は、新聞・雑誌等に紹介させていただくことがあります。その場合はお礼として特製図書カードを差し上げます。

前ページの原稿用紙に書評をお書きの上、切り取り、左記までお送り下さい。宛先の住所は不要です。

なお、ご記入いただいたお名前、ご住所等は、書評紹介の事前了解、謝礼のお届けのためだけに利用し、そのほかの目的のために利用することはありません。

〒一〇一‐八七〇一
祥伝社文庫編集長　坂口芳和
電話　〇三（三二六五）二〇八〇

祥伝社ホームページの「ブックレビュー」からも、書き込めます。

http://www.shodensha.co.jp/bookreview/

祥伝社文庫

隠密家族《おんみつかぞく》

平成24年7月30日　初版第1刷発行

著　者　喜安幸夫《きやすゆきお》
発行者　竹内和芳
発行所　祥伝社《しょうでんしゃ》
東京都千代田区神田神保町3-3
〒101-8701
電話　03（3265）2081（販売部）
電話　03（3265）2080（編集部）
電話　03（3265）3622（業務部）
http://www.shodensha.co.jp/
印刷所　萩原印刷
製本所　ナショナル製本
カバーフォーマットデザイン　中原達治

 ISBN978-4-396-33780-3 C0193

祥伝社文庫の好評既刊

佐伯泰英

密命① 見参！ 寒月霞《かすみ》斬り 新装版

切支丹《きりしたん》本所持の疑惑を受けた豊後相良《ぶんごさがら》藩主の密命で、直心影流の達人金杉惣《かなすぎそう》三郎《ざぶろう》は江戸へ。新剣豪小説！

佐伯泰英

密命② 弦月三十二人斬り 新装版

豊後相良藩を襲った正室の乳母殺害事件。吉宗の将軍宣下を控えての一大事に、怒りの直心影流が吼《ほ》える！

佐伯泰英

密命③ 残月無想斬り 新装版

武田信玄の亡霊か？ 齢百五十六歳の妖術剣士石動《いするぎ》奇嶽《きがく》が将軍家を襲った。惣三郎の驚天動地の奇策とは！

佐伯泰英

刺客《しかく》 密命④斬月剣 新装版

大岡越前の密命を帯びた惣三郎は京へ現われる。将軍吉宗を呪う葵切り七剣士が襲いかかってきて…。

佐伯泰英

火頭《かとう》 密命⑤紅蓮剣 新装版

江戸の町を騒がす連続火付。焼け跡には〝火頭の歌右衛門〟の名が。大岡越前守に代わって金杉惣三郎立つ！

佐伯泰英

兇刃《きょうじん》 密命⑥一期一殺 新装版

金杉に旧藩主から救いを求める使者が！立ち上がった惣三郎に襲いかかる影！ 謎の〝一期一殺剣〟とは？

祥伝社文庫の好評既刊

佐伯泰英
初陣《ういじん》
密命⑦霜夜炎返《そうやほむら》し
新装版
天下一を決する「剣術大試合」に清之助の成長した姿が。だが父に遺恨を持つ一団が金杉父子を執拗に狙う！

佐伯泰英
悲恋
密命⑧尾張柳生剣
新装版
惣三郎の怒りの剣が爆発！　わが娘の純情を踏みにじる敵は、日本一を豪語する尾張柳生の四天王！

佐伯泰英
極意
密命⑨御庭番斬殺
新装版
消えた御庭番を追う惣三郎に信抜流居合が迫り、武者修行中の清之助にも刺客が殺到。危うし、金杉父子！

佐伯泰英
遺恨《いこん》
密命⑩影ノ剣
剣術界の長老・鹿島一刀流の米津寛兵衛が影ノ流を名乗る鷲村次郎太兵衛に斬殺される。鷲村の目的は？

佐伯泰英
残夢
密命⑪熊野秘法剣
吉宗公の屋敷が襲われた。十数人の少女が殺され、唯一の目撃者の鶴女《つるじょ》は廃人同様に。鶴女の記憶が甦ると…。

佐伯泰英
乱雲
密命⑫傀儡《くぐつ》剣合わせ鏡
「吉宗の密偵」との誤解を受けた回国修行中の清之助。大和街道を北上。黒装束団の追撃を受け、銃弾が！

祥伝社文庫の好評既刊

佐伯泰英
意地
密命⑲具足武者の怪
金杉惣三郎に、襲いかかる具足武者の正体、そして新たな密命とは？　江戸と佐渡、必殺剣が冴える！

佐伯泰英
宣告
密命⑳雪中行
剣術大試合に向け、雪深い越後で修行に励む清之助。一方、江戸では父・惣三郎が驚くべき決断を下していた！

佐伯泰英
相剋《そうこく》
密命㉑陸奥巴波《ともえなみ》
仙台藩でさらなる修行に励む清之助。その頃、惣三郎と桂次郎も同地へと向かっていた！　緊迫の第二十一弾。

佐伯泰英
再生
密命㉒恐山地吹雪
清之助は、恐山へと向かっていた。索漠とした北辺の地で、清之助を待ち受ける死と再生の試練とは？

佐伯泰英
仇敵《きゅうてき》
密命㉓決戦前夜
惣三郎と桂次郎は、積年の仇敵である尾張の柳生新陰流道場に！　上覧剣術大試合は目前、急展開の二十三弾。

佐伯泰英
切羽《せっぱ》
密命㉔潰し合い中山道
上覧剣術大試合出場を賭け、惣三郎、桂次郎は雪の中山道をひた走る！　極限状態で師弟が見出す光明とは？